Acordem, ó homens das cavernas,
homens peludos das cavernas,
acordem que é chegado
aquele que despejará água
sobre vocês como se fosse arco-íris.

Eu estou em festa.
Acordem, ó homens das cavernas!

O CATADOR DE PALAVRAS

Antonio Ventura

O CATADOR DE PALAVRAS

Apresentação
Carlos Nejar

TOPBOOKS

Copyright © Antonio Ventura, 2011

Direitos de edição da obra em língua portuguesa no Brasil adquiridos pela TOPBOOKS EDITORA. Todos os direitos reservados. Nenhuma parte desta obra pode ser apropriada e estocada em sistema de banco de dados ou processo similar, em qualquer forma ou meio, seja eletrônica, de fotocópia, gravação etc., sem a permissão do detentor do copyright.

Editor
José Mario Pereira

Editora assistente
Christine Ajuz

Revisão
Ely Vieitez Lisboa
Amini Boainain Hauy
Vera Lúcia Benevides

Capa
Miriam Lerner

Diagramação
Filigrana

TODOS OS DIREITOS RESERVADOS POR
Topbooks Editora e Distribuidora de Livros Ltda.
Rua Visconde de Inhaúma, 58 / gr. 203 – Centro
Rio de Janeiro – CEP: 20091-000
Telefax: (21) 2233-8718 e 2283-1039
Email: topbooks@topbooks.com.br

Visite o site da editora para mais informações
www.topbooks.com.br

O autor por Divo Marino

SUMÁRIO

Nota do autor 17
Antonio Ventura, O catador de palavras — *Carlos Nejar* 19
Cronologia de Antonio Ventura 21

VIAGEM
(1970-1974)

Viagem 29
Limites 30
Ponte 31
Amizade 32
Santidade 33
Identificação 35
Fruto 36
Dança 37
Tabuletas 38
Meteorologia 39
Quando eu te vir quero estar bonito 40
Namoro 41
Maravilha 42

REIVINDICAÇÃO DA ETERNIDADE
(1970-1974)

Tributo a Rimbaud 47
Vamos todos subir na torre 48
Retrato 50

Antonio Ventura sentado ao sol do meio-dia 51
Eu sou um Deus que canta entre os rochedos 52
Oração da criança 53
Minha história 55
Oração ao fogo 56
Girassol 57
Olivetti Studio 44 59
Os cães alados 60
Trigrama 61
Bilhete ao animal feliz 62
Encantadora de serpentes 63
A estrutura da bolha de sabão 65
Patata 67
Renascer 68
Prometeu II 70
A busca de Averróis 72
Insólito 84
Divino Narciso 92

O CATADOR DE PALAVRAS
(1975-1997)

Apresentação 109
Escrever 110
O verso 112
O catador de palavras 115
Procura 117
Em azul 119
Escrevo em azul 120
Caligrafia 121
Tecer 123
Uma página 124
Estantes 125

Epopeia	127
Pequena homenagem a Rilke	128
Lembrando um pouco Rilke	130
Lembrança de Fernando Pessoa	132
Para Vinicius de Moraes	133
Ex-periência com creto	134
Hoje é dia de Rock	136
Prometeu	138
César e Brutus	139
Justiça	140
O julgamento	142
O comboio	143
Noite	145
Noite ainda anunciada	146
O corvo	147
Ele	149
Convalescença	150
Soneto original	151
Soneto de Natal	152
Teorema	153
Duelo	154
Sol	155
Raridade	156
Poemalaço	157
Poema quase prece	158
Maquininha	159
Mato limpo	160
Logo	161
História	162
Garatuja	163
Espera	164
Equus	165
Cantiga da criança	167
Café	168

Boi da estepe 169
O dia suposto 170
Brincar 171
A lua se esconde 173
A flauta mágica 174
A mão teleguiada 175
A casa 176
O medo 177
Tigres 178
Paisagem marítima – Ulisses 181
Poema das três margens 183
Carnaval 186
Senhora 188
Idade da razão 191
A maçã no escuro 193
O pássaro e o ovo 197
Gritos e sussurros 201
Luares e lugares 207
Trilogia do circo: O grande mágico 219
Trilogia do circo: O espetáculo 220
Trilogia do circo: O palhaço 221
Hora extraordinária 222

A MÁQUINA DO TEMPO
(1962-1968)

Tédio 229
A máquina do tempo 230
Canção do homem e a morte 234
América 237
Gravidez 238
Quatro faces 239
Mãe da gente 240

PASTOR DE NUVENS
(1998-2010)

Pastor de nuvens 245
Poema experimental 247
Os cavalos azuis 249
Dez minutos 251
Poema do mar exclamativo 253
Procura da poesia 254
Entardecer 255
Vazio 257
Salve Elizabeth Browning 258
O reencontro com Elizabeth Browning 260
Canto 261
Madrugada 262
Inútil 263
Cão miserável, por que lates na noite? 265
O anjo e o círculo 266
Oito dias 268
Barco 270
A obra é imensa e o mar é breve 272
Lavra palavra 273
Sempre, os cavalos 275
Réquiem para José Saramago 277
Dos cavalos de fogo e da maçã sangrenta 278
Para enfrentar o barqueiro 280
Não acordem o menino 281
A praia inacessível 282
Ortografia 284
Balada do rei e o menino 285
Autoria 287

POEMAS PARA A AMADA
(1975-2009)

O rapto de Helena 293
Amada 294
Corpo 296
Lobo Loba 298
Chupar com casca e caroço 299
Então, meu amor, o milagre 300
Não te preocupes com o vento 301
Quero encontrar a magia da palavra 302
Na madrugada, para Débora 303

À BEIRA DA POESIA
(1965-2007)

As lamentações 309
Pelos campos de trigo 310
Minha namorada louca ou o morador do pântano 311
Ainda hoje passarei por cima dos peixes 313
Outrora 315
A noite e o vento 316
Parto 317
Tentativa inútil de descrever chuva caindo na
    madrugada quase dia 318
O destino da manhã 320
Natal, o triste destino das gaivotas 321
Homenagem a Clarice Lispector 323
Segunda homenagem a Clarice Lispector 324

BIBLIOGRAFIA SOBRE ANTONIO VENTURA 329

APÊNDICE

A arte de nascer poeta 335
A ventura de um Ventura: Antonio
  – *Mário Moreira Chaves* 339
O moderno já é pouco para Antonio Ventura
  – *Cecília Tozatto* 342
Da vida – *Álvaro Alves de Faria* 347
O poeta – *Menalton Braff* 349
Em nome da beleza – *Antonio Carlos Secchin* 351

CRÉDITOS DE IMAGENS 353

NOTA DO AUTOR

Jorge Luis Borges, em seu texto *A flor de Coleridge*, cita Paul Valéry, Emerson e Shelley e afirma que no mundo e no universo existe apenas um escritor, e toda a literatura seria obra de um único Espírito. Logo, Jorge Luis Borges ou Antonio Ventura seriam somente manifestações desse Espírito. O que importa é a obra, soprada a fogo pelo grande Espírito, e depositada no papel em branco pelos operários da escrita, ficcionistas e poetas.

Platão disse que vivemos no mundo das aparências. Rimbaud afirmou que a verdadeira vida está ausente. Acrescento apenas que todos os poemas do passado, do presente e do futuro já preexistem, escondidos na matéria aparentemente inerte, no grande DNA do universo. Na verdade, todas as formas preexistem, todos os poemas, os signos, as palavras. As palavras, ah, as palavras! O poeta apenas penetra o invisível, para buscá-las.

Do livro direi poucas coisas, porque a obra deve falar por si mesma. Pequenos esclarecimentos, porém, se fazem necessários.

Trata-se de obra essencialmente poética, onde a vida do poeta se confunde com sua poesia. Vale aqui o que escreveu Menalton Braff: "E assim como Antonio Ventura está em sua poesia, sua poesia está em Antonio Ventura". E enfatiza: "O poeta é sua poesia porque são duas instâncias que não se podem separar". O livro subdivide-se em algumas partes, e elas representam um projeto de livro autônomo, enquadrando-se, cada uma, num tempo próprio. Não segue uma ordem rigorosamente cronológica, mas aquela que entendi melhor representar sua unidade. A seção *Reivindicação da eternidade* é puro fluxo de consciência, por isso preferi desconsiderar algumas regras de gramática, para manter a organicidade do texto.

Minha gratidão a Carlos Nejar, pelas vigorosas palavras sobre minha poesia, na apresentação deste livro. Descobriu em mim Ulisses navegante, o triunfo sobre o mar, ou destino. A Antonio Carlos Secchin, pelo reconhecimento, no livro, do poeta "transfigurador de palavras" e da "transbordante celebração da poesia", em nome da beleza, além de sua preciosa ajuda na organização do volume. A Mário Chamie, que situou o momento histórico e a vívida vida de minha poesia. A Álvaro Alves de Faria, amigo e premiado poeta, por suas generosas palavras. A Saulo Ramos, brilhante homem público, poeta, que descobriu em minha poesia o príncipe das cavalgadas. Meu tributo à escritora Lygia Fagundes Telles, pois foi, entre tantas pessoas, minha maior incentivadora. Meu agradecimento também aos artistas plásticos que enriqueceram esta obra, com engenho e arte.

Clarice Lispector, em *A paixão segundo G. H.*, falando a possíveis leitores, escreveu que ficaria contente se fosse lida apenas por pessoas de alma já formada. Eu não pediria tanto, mesmo porque qualquer obra, depois de publicada, não pertence mais ao autor, e incerto é seu destino. Mas ficaria contente se este livro fosse lido principalmente por pessoas de espírito livre.

Por fim, embora seja esta uma obra essencialmente poética, recomendo ao nobre leitor e à nobre leitora que a percorra sem pressa, como se fosse um romance. Pode ser lida do começo ao fim, ou pode-se começar de qualquer parte. Sugiro ler os textos, se possível, em voz alta. Com certeza descobrirão a magia do som que encorpa as palavras. Mesmo sendo excessivo, tomo a liberdade de fazer um pedido aos bem-vindos leitores: não guardem esta obra nas estantes, façam dela seu livro de cabeceira.

Se alguma lua, algum sol ficar tremulando em suas memórias, estará cumprida minha missão de poeta aqui na Terra.

ANTONIO VENTURA, O CATADOR DE PALAVRAS

Pouco se sabe sobre Antonio Ventura, salvo que é natural de Ribeirão Preto, onde cresceu e se formou e é Juiz de Direito. Mas como Rimbaud, "sentou a beleza nos seus joelhos" e é inevitavelmente poeta, caudaloso, irreverente, com acento surrealista. Observou alguém que a biografia de um poeta é seu canto. E este poeta que traz Ventura consigo, como quem traz a poesia, revela na explosão de ritmos, um sotaque pessoal. Embora caminhe dentro de uma tradição – a de "ser absolutamente moderno", mantém inalienável entonação, a marca do que carrega o fogo de quem se sabe "catador de palavras". E o humilde ato de apanhá-las, carece de um poder que as retira do estado de silêncio.

Ademais, caracteriza-se sua poética – não apenas pelo desconhecido, o que se vislumbra no belo poema *Paisagem Marítima – Ulisses*, também pelo empenho ou fúria de caminhar, vivendo e de viver, caminhando. Ou mais: andar pelas palavras, como seres vivos. "Estou dentro dos limites da poesia/ com uma cerca em volta/ e eu dentro dos limites/ como um animal iluminado/ da cabeça aos pés/ que de tão terrível/ não pode dizer seu nome" (*Limites*). Portanto, ao se limitar, se deslimita, com obsessão de "partir sempre e não voltar jamais em idade alguma". Sem esquecer o expressivo texto já mencionado, de Ulisses, com estes versos lapidares: "Penélope, espera, não tenhas tanta pressa/ que estou em toda parte". Isso demarca o homem histórico, o ser em viagem, em que a peripécia é o triunfo sobre o mar, ou destino.

Chama-nos atenção a mescla selvagem entre o contar e celebrar, sendo a metáfora o fio condutor da história, para que seja ultrapassado o esquecimento, enunciando a memória. E é como a poesia ajuda a viver, sem o percalço da erosão do mundo.

E nesta arte de ir catando palavras – passagem da fala para a linguagem – impõe-se a exuberância e riqueza de Antonio Ventura no catálogo multiforme de imagens e símbolos, saído deste arsenal copioso da imaginação. Onde trabalha o insólito: "Certo de que todo anjo é terrível,/ mas todo anjo habita/ um animal/ que se mexe/ e tem asas/ e voa.// (*Lembrando um pouco Rilke*). Ou este transe lírico: "pois o vento só entende/ as coisas do vento" (*Não te preocupes com o vento*).

E o que Antonio Ventura não despreza, por ser sua segunda natureza, é o ritmo, a melodia do verso, o remar do poema, que não deixa de nos fazer sentir na respiração do pensamento, a do universo. Com o fôlego das descobertas, ou das "areias brancas como o ar".

Afirmou Machado de Assis, que "o menino é o pai do homem" (repetindo o verso de um poeta romântico inglês), aqui é a poesia, a mãe do menino dentro do poeta, intocado, quase em alma. Porque a única aldeia do coração que não acaba, é a infância. E é apenas ela que inventa a linguagem que nos salva de tudo, da exuberância através do mistério; da vertigem através do abismo. E às vezes dela mesma. Com a consciência que redescobre "a cor da alma". E o requinte sempre da paixão enternecida.

Assim, Antonio Ventura, poeta, resguarda no poema, vigor, criatividade e garra, com a aventura de tanto dizer que seu texto é amor.

Rio de Janeiro, Urca "Casa do Vento", 4 de fevereiro de 2011.

Carlos Nejar
da Academia Brasileira de Letras
e da Academia Brasileira de Filosofia

CRONOLOGIA DE ANTONIO VENTURA

O poeta Antonio Ventura nasceu em 06 de junho de 1948, na cidade de Ribeirão Preto, interior de São Paulo.

Em 1962 iniciou o Curso Ginasial no *Colégio Estadual Alberto Santos Dumont*, onde conheceu grandes professores, entre eles, Ely Vieitez Lanes e Vicente Teodoro de Souza, os primeiros a descobrir o menino-poeta. Assim, aos quatorze anos, o poeta Antonio Ventura começou a escrever e ler muito, sendo dessa época seu primeiro poema moderno: *Tédio*.

Em 1966 iniciou o Curso Clássico no mesmo colégio, onde teve o conhecimento da língua inglesa, francesa, latim e filosofia. Nesse ano publicou, sob sua direção e supervisão do professor Vicente Teodoro de Souza, o jornal literário *Panorama*, elogiado pela crítica local, amplamente divulgado na escola e na cidade.

Em 1967 Antonio Ventura, liderando outros jovens, promoveu em Ribeirão Preto a *Primeira Noite de Poesia Moderna em praça pública*, ao ar livre.

Em 1968 ganhou o primeiro lugar em Conto e Poesia do Concurso Dia do Professor, promovido pelo jornal *O Diário*, de Ribeirão Preto, além de ganhar outros concursos literários da região. Ganhou o primeiro lugar do concurso promovido pelo Lions International, de âmbito nacional, com o ensaio *A paz é atingível*. E primeiro lugar com o melhor comentário sobre a obra de José Mauro de Vasconcelos.

Em 1969 ganhou a primeira menção honrosa no Concurso Nacional de Contos *Othon d'Eça*, promoção de âmbito nacional da Academia Catarinense de Letras de Florianópolis, do Estado de Santa Catarina. No mês de janeiro promoveu, juntamente com o poeta Jaime Luiz Rodrigues, a *Noite de Poesia Moderna em praça pública* na cidade de Rio Claro/SP.

Em 1970 inicia correspondência com a escritora Lygia Fagundes Telles.

No ano de 1971 ganhou importantes prêmios literários: primeiros lugares em Conto e Poesia, prêmio Governador do Estado, promovido pela Secretaria de Cultura do Estado de São Paulo, ao mesmo tempo em que trabalhou como jornalista e crítico de cinema e teatro na revista *O Bondinho*, atividade que exerceu ao lado de grandes nomes do jornalismo brasileiro, como Sérgio de Souza, Roberto Freire, Hamilton de Almeida, Narciso Kalili, João Garcia Duarte Neto, Victor Cervi.

Em 1972 foi para o Rio de Janeiro, começou a vender seus poemas, em folhas mimeografadas, dentro do Teatro Ipanema, quando foi encenada a peça *Hoje é dia de Rock*, de autoria de José Vicente, amigo pessoal do poeta. Depois continuou no Teatro Ipanema vendendo seus poemas, quando da peça *A China é azul*, de autoria de José Wilker. Publicou poemas na revista *Rolling Stone*, e na revista de cultura *Vozes*. E assim viveu no Rio de Janeiro até junho de 1975. Foi uma fase de grande produção literária, quando foram escritos os poemas contidos em *Viagem* e *Reivindicação da eternidade*.

Em 1977 escreveu uma peça para teatro chamada *Pequeno ensaio dramático*. Manteve correspondência com o escritor Osman Lins.

Em novembro de 1991 ingressou na Magistratura do Estado de São Paulo.

Em março de 1998 fundou em Mococa-SP, o *Grupo Início* – entidade literária.

Em dezembro de 2002 o poeta Antonio Ventura aposentou-se como Magistrado.

VIAGEM

Antonio Spanó Netto

VIAGEM

Pega em minha mão, que te ensinarei a brincar
por entre minhas árvores
que não conhecem tantos desertos
como teu peito.
Tira teu paletó,
arregaça a manga de tua camisa cara,
esquece um pouco teus pequenos problemas
que afundam teus ombros,
vem andar comigo na areia.

Pega em minha mão, que te ensinarei a brincar,
te levarei para o sol,
te tirarei de dentro dessa cisterna
onde estás lógico e escuro.
Tocarei em teus olhos,
te mostrarei o invisível que dança colorido
e passeia dentro das coisas,
porque dentro das coisas tem segredos,
tem caminhos.

Pega em minha mão, que te ensinarei a brincar,
te levarei pelos lugares
onde passo com meus brinquedos
e minhas nuvens.
Porque estou partindo para o infinito.
Não tenhas medo, vem
que te pegarei em meu colo
e te levarei comigo para o céu.

LIMITES

Estou dentro dos limites da poesia
com uma cerca em volta
e eu dentro dos limites

como um animal iluminado
da cabeça aos pés
que de tão terrível
não pode dizer seu nome.

PONTE

Caminhamos lado a lado.
Rimos juntos das mesmas coisas.

No entanto,
só eu que tenho um pássaro
pousado no ombro.

Eu sou a ponte que seus olhos procuram.
A única distância é seu medo.

AMIZADE

Tinha um sujeito desconhecido
que como eu tinha pisado a grama
de um parque que tinha uma
tabuleta escrita: *"É proibido pisar na grama".*

Em lugares diferentes,
ele tinha apanhado as mesmas chuvas,
tinha saltado sobre as mesmas portas.

Mas não existe uma casa abandonada
                                            [no campo.
Nem a outra.

Então ele veio sorrindo e me abraçou.

SANTIDADE

Como poderei dizer que estou
no céu, se ainda nem
conheces meu segredo?
Mas se quiseres saber o meu enigma
não será tão difícil.
Ele é simples como as pirâmides do Egito,
como os números em Pitágoras,
como um verso de Virgílio.
Simples como a Esfinge que ficava
no meio de teu caminho
e dizia como eu, aqui e agora:
"Decifra-me ou devoro-te!"
Mas decifra-me principalmente
porque eu te olho com doçura.
Porque quero tirar com carinho a pedra
de tua mão. Porque saio

de meu segredo e de minha geometria,
para te santificar em meu nome
e em nome das coisas que me foram reveladas.
Decifra-me.

IDENTIFICAÇÃO

Como é fabuloso ser eu, e não o outro.
Entre milhões de pessoas e coisas
entre o tempo, o espaço e os limites da carne
maravilhosamente ser eu,

o pequeno
o simples
o grave
o poderoso
o aqui e agora,

mas principalmente ser eu, e não o outro.

FRUTO

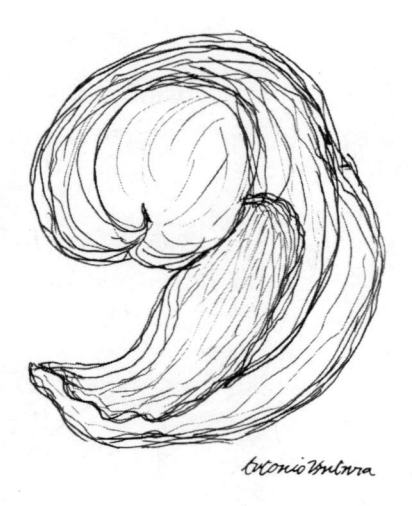

Nem todos precisam de meus frutos.

Mas eu caio no quintal
de todos os vizinhos,
porque minha árvore transborda.

E mesmo que apodreça nos jardins,
fico a semente.

DANÇA

As coisas tinham a cor do ouro.
Mas nem tudo que brilhava ao meu redor
era o ouro.
Um dia, numa tarde, descobri a mentira.
Então, matei um a um os personagens.
Sobraram-me apenas as crianças.

Tirei minhas roupas, fiquei nu.
Fui até à fonte.
E as águas me disseram meu nome.
E meu nome era tão terrível como as águas.

Por isso fiz da loucura o meu amor.
Sigo por uma estrada branca
e o universo canta aos meus ouvidos.
Uma música me chama, me dá vertigens,
enlouqueço, fico bêbado e danço!

E meus carrascos não compreendem.
Porque salto mais alto que seus açoites!

TABULETAS

O poeta anda entre a multidão da grande cidade.
É arrebatado de súbito por uma legião de anjos
que contam segredos a seus ouvidos.
Pelas ruas, indiferente ao barulho,
o poeta escreve.

O poeta anota desesperadamente
as palavras que ele sabe serem exatas,
mas já com o remorso de não achar a palavra
suficiente e necessária para dar o nome
da palavra origem e da palavra anjo.

De repente, existem ruas que têm
tabuletas escritas:

>Pedestres:
>deixem-no passar que ele
>está iluminado.

>Pedestres:
>deixem-no passar que ele
>é o prometido.

>Pedestres:
>deixem-no passar que ele
>é o mais simples, o mais nu.

METEOROLOGIA

Os jornais anunciam nevoeiro.
O dia está cinzento.

Eu nunca estive tão sozinho como agora.
Não consigo estar nem comigo mesmo.
Realmente o tempo está ruim, sujeito a chuvas.

Porém, meus olhos sondam o horizonte.
Em algum lugar faz sol.

QUANDO EU TE VIR QUERO ESTAR BONITO

Quando eu te vir,
quero estar bonito,
te esperando entre as árvores
de um parque que tem uma lâmpada acesa.

Quero estar viajando agora
e depois, quando tu estiveres
entre as árvores, a lâmpada e eu,
quero te ver com os olhos de meu espírito
iluminado,
para te focalizar melhor na objetiva

e te amar eternamente.

NAMORO

O pôr do sol me pegou desprevenido.
Não esperou nem eu pôr
minha roupa branca
aquela que ponho aos domingos

para esperá-lo.

Mas também, quem manda
eu andar assim tão desatento!

MARAVILHA

Tânia Jorge

Teu nome, ó amada, ó ave,
é maravilha, maravilha, maravilhada
de todos os caminhos da origem
é teu nome, ó amada, ó ave,
maravilha, maravilha, maravilhada
é teu nome, tua geometria, tua fonte
maravilha, maravilha, maravilhada
ave como eu, o rouxinol, anunciamos
a primeira manhã de Aquarius.

Maravilha, maravilha, maravilhada
é teu nome, ó amada, ó ave!

REIVINDICAÇÃO DA ETERNIDADE

Francisco Amêndola

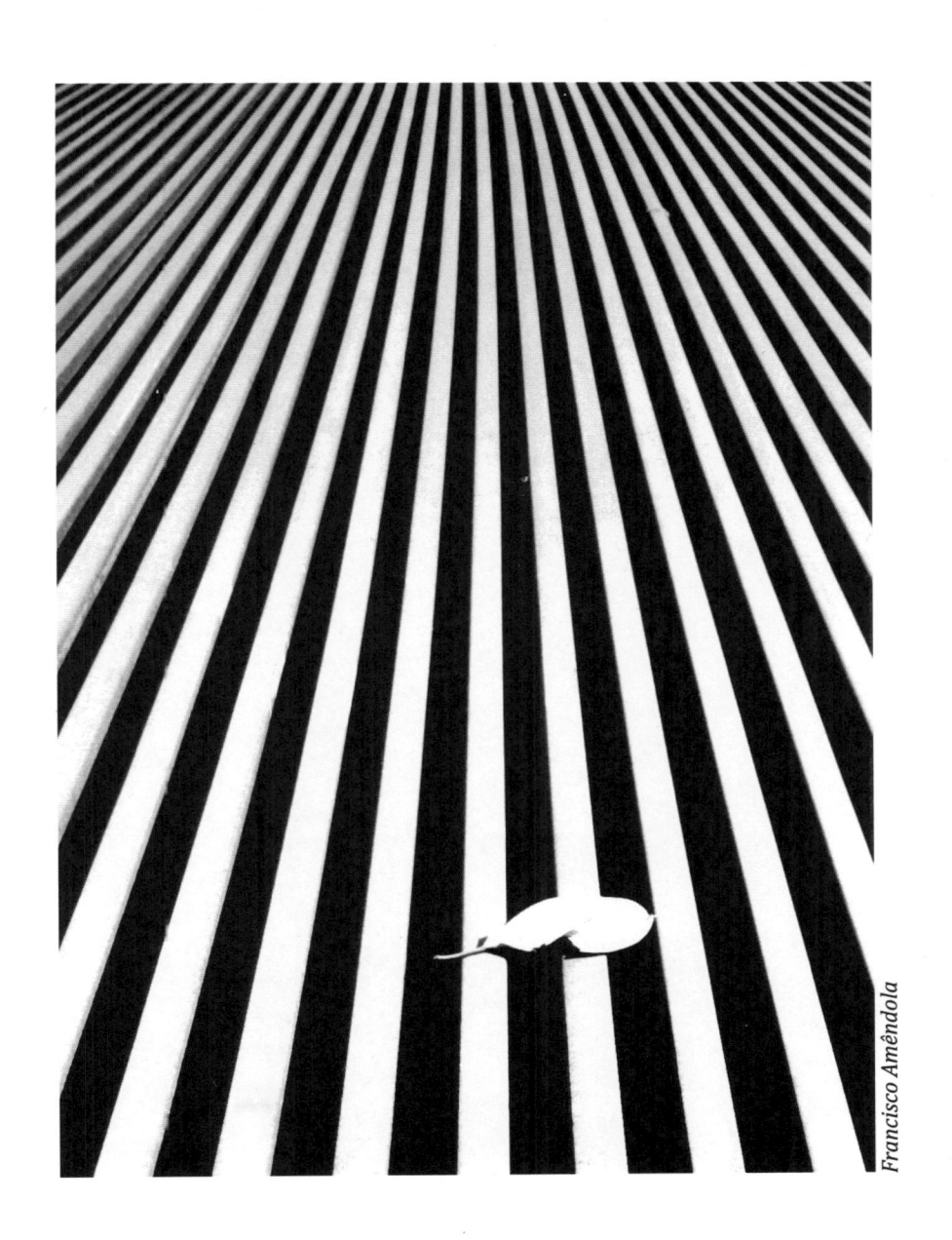

TRIBUTO A RIMBAUD

"Outrora, se bem me lembro, minha vida era um festim onde se abriam todos os corações, onde todos os vinhos corriam.

Uma noite, sentei a Beleza nos meus joelhos. – E achei-a amarga. – E injuriei-a.

Armei-me contra a justiça.

Fugi. Ó feiticeiras, ó miséria, ó ódio, a vós é que meu tesouro foi confiado.

Consegui fazer desvanecer-se em meu espírito toda a esperança humana. Sobre toda alegria, para estrangulá-la, dei o salto surdo da fera.

Chamei os carrascos para, perecendo, morder a coronha de seus fuzis. Chamei as calamidades, para me sufocar com a areia, com o sangue. O infortúnio foi o meu deus. Estendi-me na lama. Sequei-me ao ar do crime. E preguei boas peças à loucura.

E a primavera me trouxe o pavoroso riso do idiota." *

---

* Trecho do livro *Uma temporada no inferno & Iluminações*, de Arthur Rimbaud; tradução, introdução e notas de Lêdo Ivo, 3ª edição, Rio de Janeiro, Editora Francisco Alves, 1981, p. 45.

VAMOS TODOS SUBIR NA TORRE

Baby!!!!!!!!!!!!!!!!!!!!!!!
Anjo, tudo bem, azul ou branco?!!!!!!!!!!!!!!!!!!!!!!!!!!!
Eu prefiro o branco misturado no azul!!!!!!!!!!!!!!!!!!!!!!!!!!!!!!!!!
Depois eu gosto do verde misturado no azul e no
 [branco!!!!!!!!!!!!!!!!!!!!!!!
O vermelho!!!!!!!!!!! Está um pouco em meu sangue!!!!!!!!!!!!!!!!
Que é universal!!!!!!!!!!!!!! Serve para todos!!!!!!!!!!!!!!!!!!! Vinde
anjos alados!!!!!!!!!!!!!!!!!!!!!!!!!! Vinde anjos de asas!!!!!!!!!!!!!!!!
Eu vos darei o dia das maravilhas!!!!!!!!!!!!!!!!!!!!!!!!!!!!!!!!!

Depois eu gosto de você!!!!!!!!!!!!!!!!!! Que é mágica!!!!!!!!!!!!!!!!!
Você é feliz porque mora perto de uma praça com jardins
que estão sempre cheios daquelas flores vermelhas e
 [grandes
às vezes brancas e azuis mas principalmente vermelhas
para deixar vermelhas na cor as noites vermelhas dessas
cidades coloridas do interior de São Paulo!!!!!!!!!!!!!!!!!!!!!!!!!!!!!

Eu vim de Ribeirão Preto!!!!!!!!!!!!!!!!!!!!!!!!!!!!!!!!!!!!!!!
Mas já sei do império e do filho do céu!!!!!!!!!!!!!!!!!!!!!!!!!!!!!!!!!
Vinde a mim toda vaca maldita do céu de minha
 [infância!!!!!!!!!!!!!!!!!!!!!!!!!!
Ó seios, tetas, colo, dorso inundado de leite!!!!!!!!!!!!!!!!!!!!!!!!!!!
Ó vacas e éguas aladas da primeira manhã!!!!!!!!!!!!!!!!!!!!!!!!!!!
Inundai-me de leite de Via Láctea e de estrelas secretas
e visíveis como os astros!!!!!!!!!!!!!!!! Nebulosas!!!!!!!!!!!!!!!!!!!!!!
Descei sobre mim vossa névoa!!!!!!!!!!!!!! O nevoeiro!!!!!!!!!!!!!!!

Mamãe minha mãe my mother my love baby onde estás
[agora
que te pressinto aqui, porque o aqui e agora é
[imenso!!!!!!!!!!!!!!!!!!!!!!!!!
Vacas benditas!!!!!!!!!!!!! Vinde todas passear pelo campo
estelar!!!!!!!!!!!!!!!!!!!!!! Éguas aladas voadoras!!!!!!!!!!!!!!!!!!!!!!!
[Virgens!!!!!!!!!!!!!!!!!
Venham galopar comigo entre estrelas!!!!!!!!!!!!!!!!!!!!!!!!!!!!!!!!
[Preciso chupar suas
nucas quentes!!!!!!!!!!!!!!!!!!!!!!!! E seguir galope!!!!!!!!!!!!!!!!!!!!

Invisíveis e coloridas estrelas de nós, orai por nós!!!!!!!!!!!!!!!!!
Aves voadoras, maçãs, ó alto grito dos pássaros!!!!!!!!!!!!!!!!!!!!
Luzes luzes luzes dos campos iluminados e
[pintados!!!!!!!!!!!!!!!!!!!!!!!!!!!!!!
Luzes de nossos campos iluminados!!!!!!!!!!!!!!!!!!!!!!!!!!!!!!!!!!!
Luzes átomos átomos iluminados de meu imenso
[corpo!!!!!!!!!!!!!!!!!!!!!!!!!!!!!!!!
Quando descemos da montanha para a planície!!!!!!!!!!!!!!!!!!!!!
Eleitos de minha carne iluminada e eleitos de minha
[torre!!!!!!!!!!!!!!!!!!!!!!!!!!!!!
Orai por nós!!!!!!!!!!!!!!!!!!!!!!!!!!!!!!!!!!!!

RETRATO

O destino daquele que parte é partir sempre
é não voltar nunca é não voltar jamais em idade alguma!
Porque ele partiu!
E partiu sem medo na vertigem para partir sempre
porque o destino daquele que parte é partir sempre
é não voltar nunca é não voltar jamais em idade alguma!
E se eu voltar da vertigem eu já serei outro
aquele que achará todos os gestos alheios engraçados
porque o gesto alheio tem seu mistério próprio!
Eu nunca entendi o outro eu apenas amei
com meu coração apaixonado constantemente pela vida
e também pelas veredas da morte nos perigos de cada
[viagem!

Vocês estão vendo? Fazer um retrato!
Eu sou aquele que estou partindo a milênios anos luz
pelos corredores iluminados da grande viagem!
Porque o destino daquele que parte é partir sempre
e esse é o meu estigma é aquele que parte e não volta
nunca jamais em idade alguma!
Porque se agora eu os visito é porque sou tão velho
como essa escritura que estou escrevendo
e fazer um retrato de Antonio Ventura o jovem poeta maldito
nascido para todo o sempre aqui e agora estou partindo
porque o destino daquele que parte é partir sempre
é não voltar nunca é não voltar jamais em idade alguma!

ANTONIO VENTURA SENTADO AO SOL DO MEIO-DIA

Hoje acordei e já estou sentado ao sol do meio-dia!
As asas douradas procuram o voo no espaço sideral
dentro desse fantástico fantasmagórico circo de brinquedos!
Hoje ao sol do meio-dia eu encontrei a beleza
minha esposa e minha escrava acorrentada que vigia a porta
aquela que a gente abre e o vento fecha uma parte da janela
aqui pertinho um pássaro de fogo
anunciava a volta do unicórnio que volta para marcar
datas de novos exames nas universidades da loucura
feita de pôr do sol que ainda hoje verei com meus olhos
[imortais!
Antonio Ventura filho meu onde vai com seu potro
[selvagem você
vê se galopa mais nas campinas de galopes e nuvens
[nebulosas
porque me torno de repente nebulosas como meus átomos
[iluminados!

Ha! Ah! Ah! Ah! Ainda existe uma gargalhada secreta em meu
[corpo
a gargalhada da besta feroz que cheirava à terra molhada!
E comércios eram feitos e as migalhas o rouxinol pegava em
[seu
bico de ouro mas vê hoje de novo tudo ficou fantástico
que eu quero a flor ou a bomba mais bela que anunciará a
[nova
manhã de pássaros brancos e no meio dos pássaros brancos
estariam voando pássaros de outras cores como o vermelho
[o amarelo
e essas cores escuras e mais claras em pleno sol do meio-dia!

EU SOU UM DEUS QUE CANTA ENTRE OS ROCHEDOS

Eu sou um Deus que canta entre os rochedos!
Entre o ar o fogo a água na montanha onde jazo
eu sou um Deus que canta entre os rochedos.
Todos que passam ao meu redor são enfeitiçados
pelo meu cantar que é sagrado e profano
no tic-tac tic-tac tic tic
no tempo e no espaço o tic e o tac
eu e o outro você João ou Maria que amo da mesma
maneira como as pedras um copo colorido uma mesa
um guardanapo e uma vitrolinha que tem músicas sagradas
e tem pássaros que batem asas e me enlouquecem
suas asas de prata me enlouquecem
as crinas do potro selvagem que tinha que tem crinas
de pássaros brancos onde revoavam meninos e homens
e mulheres e crianças voavam para o ninho de cimento e aço!
Eu sou um Deus que canta entre os rochedos!

ORAÇÃO DA CRIANÇA

Filho do céu ou satã
eu vou branquinho para
a planície lá embaixo da montanha eu voo
branquinho como um cordeirinho de Deus
ou branquinho como as feras que eram bravas
e que estavam lutando
uma contra a outra com medo da outra
então eu fiquei branquinho
e não quis saber mais de sangue
em minha boca o sangue eu deixo para as feras
acostumadas ao sangue!

Eu quero ficar aqui e agora para todo o sempre
branquinho como as feras douradas
mas eu caminho branquinho pela cidade
do Rio de Janeiro montado em meu cavalo um potro selvagem!

Minhas roupinhas estão limpas
como a primeira manhã branquinha
branquinho é o meu boné de nuvens brancas
ou de todas as cores que sou eu nessa imensa retina!
E ela está do tamanho do universo papai
do céu ou filho do inferno eu já fiz todas as lições
papai do céu hoje eu já subi na torre
já passei pelas feras que você mandou
para castigar minha desobediência e minha magia!

Passei por maus olhados e havia um enigma na porteira
eu fui ver abri a porta entrei
e lá dentro das portas estavam enjauladas as feras
que brilham como metal na palma!
As feras eram de ouro prata e medalhas
que vi pregadas na parede
uma infinidade de coisas pregadas na parede!

Eu já fiz minhas obrigações estou branquinho
aqui e agora brincando em todo espaço do brinquedo
que está em minhas mãos o inconcebível brinquedo!
Obrigado por tudo isso
filho do céu ou satã!

MINHA HISTÓRIA

Pensei como seria interessante eu escrever uma história
que tivesse sete minutos ou melhor que fosse escrita em sete
minutos aproximadamente exatos, marcados no relógio-despertador
que está ao meu lado e seu tic-tac é imenso e então eu pensei
em escrever a história mais esplêndida que eu sabia ou que
aprendi ou sei lá que o tempo está correndo rápido e eu preciso
pensar em escrever uma história que tenha exatamente sete minutos
então eu pensei assim eu escrevo sem parar e escrevo
o que vier vindo saindo de minha cabeça em alta velocidade
como um corcel ou o potro selvagem que é um personagem
[meu
de um poema que se chama Oração da criança, mas desculpe
não era bem isso que eu queria escrever porque o tic tac do
[relógio
a máquina queima a lenha a lareira a fornalha o fogo
nos jardins nos templos as nebulosas e os astros
eram os jardins os templos as nebulosas e aquela beleza
que eu sempre gosto de lembrar a beleza que em uma tarde
sentei em meus joelhos e é maravilhoso! Quando acabei de dizer
isso esgotou o tempo do relógio que estava marcando
os sete minutos no tempo e estava contada a minha história!

ORAÇÃO AO FOGO

Ah vinde fogo fogueiras e os trovões e trovoadas relâmpagos!
Iluminai essas praças escuras e de mil olhos que olham
no espelho da noite da grande cidade essa do Rio de Janeiro
aqui e agora onde habita o filho do sol recém-nascido
do ventre maldito de infinitos espíritos iluminados!
A amada minha a CHAMA me chama e eu vou chamando a
[grande chama
a chama minha irmã e companheira que consome minha
[carne imortal!

Dentre sua casa branca entre os rochedos
dentre sua casa branca eu sou a CHAMA e chamo os pássaros
porque eu posso ver suas asas bem nítidas
suas asas douradas pelas ruas das grandes cidades
eu ouço muito ruflar de asas à procura de minha amada
a CHAMA imortal brilhando em minha própria carne inumana
imensa e transparente e líquida e em chamas!
Ha! Ah! Ah! Ah! A CHAMA me chama chama-me que eu te CHAMO!
CHAMA! Cadela minha e princesa destronada!
Eu te saúdo ao amanhecer ó princesa louca e donzela!
Bom-dia!

GIRASSOL

Porque estou hoje bêbada e louca eu a eternidade estou nua
e louca e bêbada e doida!
Acendei meus sete sóis da manhã Ha! Ah! Ah! Ah! Outra vez
a gargalhada gargoletejante do gargalo de vinho
e de outras especiarias que me chegam do oriente
assim frescas em nossa boca!

Ha! Ah! Ah! Ah! Mais uma vez eu sou SP não é São Paulo não
eu agora moro no Rio de Janeiro faz um ano e meio
e se o senhor quiser saber mais é só se olhar no espelho
que lhe cega a vista à vista muitas serpentes refletidas
no espelho na água iluminada dessa noite iluminada
que até dá pássaros escuros como o urubu passeia sempre
entre os girassóis eu sou um girassol e giro giro e giro
e você vai girando comigo girando girando
olhe eu sou louca eu sou donzela e é claro o meu pai?

Ha! Ah! Ah! Ah! O meu pai é um leão alado sentado
à minha esquerda ou direita ou qual outra pô!
Eu quero os pássaros os pássaros os pássaros os pássaros
brancos azuis amarelos rubros escarlates eu quero
[os pássaros
os pássaros os pássaros os pássaros os pássaros os pássaros!

OLIVETTI Studio 44

Isto que vai nascer
é uma ode que está dentro do realismo fantástico
que um dia Borges disse em O ALEPH
aquele ponto que você vai e não pode voltar nunca!
Ou volta! Por sobre as águas e o vento em meus cabelos de
nuvens e pássaros brancos branquinhos
eram os potros selvagens e de prata
nascidos na primeira manhã do aqui e agora!
Vinde logo filhos meus príncipes e vassalos
dessa primavera negra em pleno outubro!
E olhem que estamos no ano de um mil novecentos e setenta e três
marcados por esse calendário Ha! Ah! Ah! Ah!.....

Baby me dê de beber seus pequenos seios
que jorram astros e ventos e ventanias e tempestades!

OS CÃES ALADOS

Olha look here aqui e agora look você vê
como fica chique você falar em inglês!
Isto é apenas uma imagem literária uma imagem a flor
que colhi de um muro próximo mas que de repente longínquo
como os chocalhos mortais da serpente e da magia!
Mas o que eu quero fazer agora é escrever uma coisa estranha
que brota que nasce que jorra de minhas entranhas
como eram cuspidos para sempre no pó da terra!
Pô eu me perdi imensamente a galeria onde estou estão claras
as telas os desenhos que pintamos além de nós quatro
mais sete ou mais invisíveis outros infinidades e todos
                                                         [INVISÍVEL
sou mas não sou aquele que arrasta pesadas correntes!

TRIGRAMA

Três gamas? Mas gamas gamas gamado você
está Antonio Ventura filho meu
porque a eternidade se sentou aqui e agora sobre os joelhos
que eram os meus enormes joelhos com ALEPHS quantidades de
partículas cósmicas eu queria te dizer apenas
uma imagem olha eu não ela vem vindo, oi José Wilker
era uma nuvem que nuvava e nevava nas manhãs frias e úmidas
dos últimos dias do Rio de Janeiro
nesse lugar onde moro e escrevo essas imagens olha imagina
mas imagina só somente mas não mente não que eu acho
que não mudar vai a opinião do velho que guardava a porta
onde o leão alado estava habitando a grande cidade
com sua floresta de tigres!

BILHETE AO ANIMAL FELIZ

Para José Vicente

Zé Vicente filho do inferno
o que foi feito do céu onde outrora se bem me lembro
a minha vida era um festim e tu me sentaste a beleza
em meus joelhos numa tarde
e eu segui ao teu encontro filho meu
e aqui e agora estou de volta a serpente a magia
as pirâmides do Egito a Esfinge eu
estou voando no céu que chamamos consciência cósmica em chamas
como um potro de crinas brancas de prata cavalgando
um potro de prata numa quermessinha do interior de Minas
no interior de todas as ruas do mundo.

Meu filho hoje eu vim te visitar e anunciar que continuo feliz
na consumação de minha carne de minhas horas
porque eu caminho feliz e iluminado na montanha na torre
e é doce o meu cajado de nuvens e de origens
exatas como as águas de um rio sereno a Esfinge
a pedra no meio do caminho aquela que lamentei e aprendi
que por essas veredas da nova era
existirão pelas esquinas as lamentações sangrentas.

O espírito secreto te conta uma história para tu dormires
e acordar de manhã cedinho em noutras cidades noutras plagas
noutras plagas ah os pássaros estão chegando ouço ruflar de asas
de pássaros eternos loucos equilibrados que formarão a grande
árvore onde somente as crianças têm ingressos para
o brinquedo que tu me ensinaste brincar!

ENCANTADORA DE SERPENTES

Para Ely Vieitez Lisboa

Ely, te amo criança que me sentou em teu colo de menina
enorme não cabia na porta a menina enorme
abriu a porta e entrou em meu quarto iluminado acendeu
as luzes as lanternas os faróis os olhos transparentes
e brancos como nas histórias maravilhadas
encontradas em todos meus livros sagrados.

Guardo comigo a chave do sol desenhado na lousa negra
no risco que tu riscavas no quadro negro
luzes da noite a lua iluminada sobre a montanha
está uma loucura a lua cheia iluminada logo acima
                                                  [da montanha
onde jazo e vivo em minha casa com paredes brancas
na montanha no meio do rochedo!

Um dia, numa tarde de Londres eu vi lanternas acesas
na noite inglesa na noite de Shakespeare
a noite de Hamlet ser eu ou ser o outro eis a questão
existe um paraíso celeste um carrossel iluminado
de ouro prata e diamantes coloridos
que nenhum rei ainda usou a não ser o recém-nascido
e me coroo minha cabeça iluminada de ouro e prata
e diamantes coloridos que tenho em minhas mãos
o inconcebível brinquedo!

Vamos brincar na tarde onde sentei a beleza
sobre meus joelhos e achei seu gosto doce e leve

vamos brincar e buscar diamantes coloridos
para enfeitar nossos dedos e enfrentar a sombra de nossas mãos
porque eu paro de escrever e olho minhas mãos sobre a máquina
e minhas mãos são estranhas asas e olho para elas
e me contemplo bailarino vestido de diamantes coloridos
o dançarino o acrobata o que se fantasiou de diamantes
e dançou no infinito espírito a dança da criança santa e macabra!

A ESTRUTURA DA BOLHA DE SABÃO

Para Lygia Fagundes Telles

Lygia, minha senhora menina donzela ou rainha
que li em um antigo livro de Rabelais
que se lê Rabelé sei lá que eu nem sei se é isso mesmo,
porque estou em outros limites do espaço
imenso que tinha dentro da cabeça de Einstein
imensa com seu violino imenso
inventando a última canção de Orfeu ou a primeira
porque podemos saber tudo ou nada.

Mas é maravilhoso brincar na manhã verde
com verdes e leitosos canudos de mamão
que só existiam na infância no vasto quintal
as vacas pastavam na brisa da manhã
e eu buscava leite nas tetas coloridas das vacas.

Depois eu me sentava no rabo do fogão à lenha
que ainda estava quente algumas brasas sob a cinza
e as brasas brilhavam coloridas de amarelo e vermelho
em alguns tons mais fortes eu corria para o pomar
e com um canudinho verde de mamão e com uma latinha
de sabão Sol-Levante que minha mãe comprava em pedra
eu via sempre o sol se levantar no horizonte
e não havia manchas e as bolhas brancas e transparentes
como todas as bolhas de sabão
brilhavam na tarde de prata e anjos de prata
vestidos de ouro vinham conversar comigo

debaixo das mangueiras onde eu soltava de seus cárceres
as bolhas de sabão que subiam levadas pelo vento...

Pela estrutura da bolha de sabão eu subi montanhas,
passei por solidões e espadas te procurando
soltando bolhas enormes coloridas de sabão
que mamãe lavava minha roupinha branca à beira da bica
e cantava uma canção que ela mesma fez
depois eu nunca mais me esqueci do rouxinol
um pequeno passarinho que eu nunca vi,
mas que lia nas páginas de Shakespeare
que fora um rouxinol e não a cotovia que varou
o recôndito de teu ouvido, creia-me amor, foi o rouxinol!

PATATA

Para Luís Celso

Hei man I love you I love você criança
que está sentada ao meu lado direito e toma conta
de meus livros sagrados e toma conta das crianças
que precisam de leite de Via Láctea
beberemos de manhã que será de todos os ventos
caminhos tempestades iluminadas de meu ser
um potro selvagem de crinas douradas e de prata
brilhando na escuridão da noite da grande cidade
o potro selvagem Antonio Ventura o mortal
que voa que voa e que recolhe suas asas de prata
na tempestade da noite tem que tem de nascer o dia
aquele que esperamos há milênios e que só agora está
                                                              [pintando
no grito timpânico das crianças na tarde de prata
o potro selvagem e a criança montada nele a criança
e o potro selvagem galopando por campinas de paz e fogo!

RENASCER

Para Renato Mourão

A cortina se fecha mas tudo continua transparente
como sua voz sua transparência de energia pura
convenientemente confeccionada para as crianças
que querem renascer de cada morte sua!
Porque todos estamos morrendo
consumindo nosso corpo como a lenha de uma caldeira
mas a madeira é imensa e também é nossa
e além do mais é eterna como a luz de meu alto céu!

Venha para mim filho meu
mesmo que para isso você precise morrer
e renascer no espelho de novo para a alegria dos dias!

Hoje eu quero morrer mas morrer de todo
ser mortal que é Antonio Ventura e ficar comigo
porque comigo estarei para o sempre salvo
e então eu quero fazer uma canção ou um poema
nessa noite de 30 de maio de um mil novecentos e setenta e três
perto do tic-tac de um relógio-despertador
mas cujas badaladas imensas as crianças dançam
e morrem na badalada da noite porque a lei é cair!

E morrer e morrer e morrer e gostar de tudo isso
e gostar de tudo isso do circo do brinquedo
do trapézio das pirâmides de todos os segredos
da criança branca em seu potro selvagem de asas de prata
que galopa pelas noites do Rio de Janeiro
o potro selvagem um menino incrível e maravilhado
vai tecendo em sua máquina de escrever, essas notas, essas leis.

PROMETEU II

Rapsódia húngara! Rapsódia húngara!
Rapsódia minha doce Rapsódia me conte me diga
me fale do amanhecer de manhã cedinho!
Me ensine Rapsódia húngara nº 2 me conte
por que às vezes eu tenho dúvidas
e meu coração que é vasto
tem ainda tormento?

Porque eu estava sempre no céu, em casa
e estou ouvindo-a Rapsódia húngara!
Sei lá seu nome! Sei lá seu nome sei lá
lá e aqui e agora danço!
Vinde espíritos aflitos
e comei de minha carne de meu fígado!
Sou forte! Mas eu gosto é de dançar!
Rapsódia húngara a galope! A galope
porque a estrada é comprida
sabe disso porque eu já disse isso
em todos meus livros sagrados!
Rapsódia húngara! Hoje eu vi a inocente face do terror
que é terrível como a primeira manhã ou a última.

Rapsódia húngara fica mansa! Vejo calmos lagos
de águas eternas mas que de repente
giram giram giram como roda-gigante
uma quermessinha dentro de mim!
Baby baby me explica qual é o segredo
que tinha a boca da cisterna que te levou!

Rapsódia húngara! Escrava minha que me visita
nessa cidade do Rio de Janeiro aqui e agora
e na casa da gente que é da gente
onde se vivem os sonhos vapores eternos
onde se vivem e se diz que a memória
é um extenso corredor iluminado que me leva
para a grande porta!
Viva a memória! Eu quero lembrar que te amo!
Porque se eu te amo eu pego
e te bato às vezes e te machuco te machuco
te machuco mesmo com meu fogo!

Passei solidões e espadas te procurando
como um danado mas hoje estou de volta
o enfeitiçado aquele que teve quebrantos
passou por maus olhados como o da feiticeira
que usava vestido vermelho que eu sempre
quis que fosse azul aquele curral de vacas!
Eu confesso! Não tenho vergonha!
A gruta negra e vermelha me chamou
eu desci e comi o sal minha cara ficou cheia de sal
lambi como um cão o sal da terra!

A BUSCA DE AVERRÓIS

Ao professor Vicente Teodoro de Souza

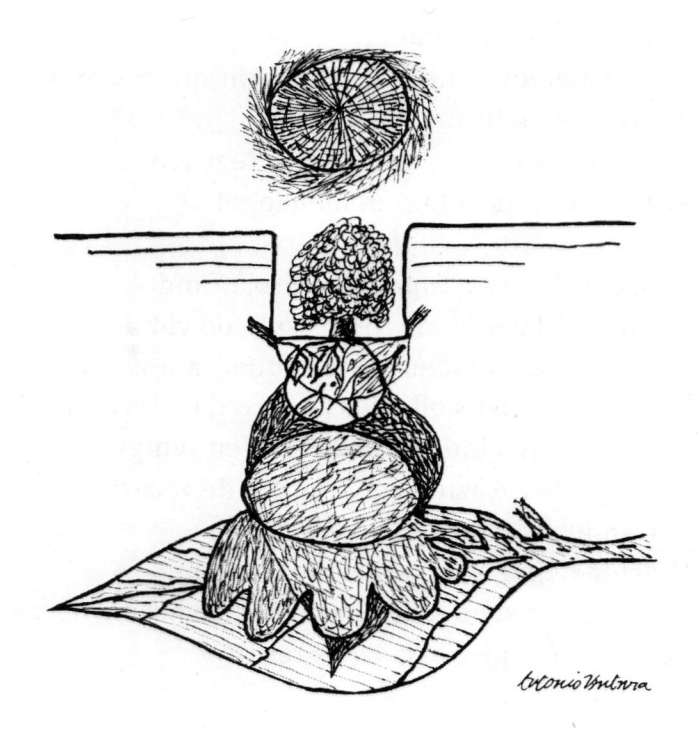

Por isso numa tarde
em que sentei a beleza
sobre os meus joelhos
e achei seu gosto maravilhado
de todas as maravilhas e origens!
Aí eu me lembrei de você
lendo velhos recortes de jornal
a saudade você vê
que coisa!

E eu não tenho meu
querido *O VIGIA*
nem *PANORAMA*
de todas as artes
mais particularmente
a literatura!
Então quando eu me lembrei de você
o Vicentão do Santos Dumont
aquele que sabia ser até inglês
e ir à tardinha ver o pôr do sol
e depois voltar e não ficar triste
porque a gente my people sagrada
branca e irreal como a história
da moça fantasma de Belo Horizonte
fria e distante nos vastos sertões de Minas
você vê a emoção imensa
que me emociona imensamente...

Ah! O que acabei de escrever
passarinhos grilam na noite
um canto de brejo e esponja
macia e que enxuga tudo
no úmido orvalho da manhã.

Ah! Essa expressão eu acabei de escrever
nesta folha branca!
Mas sabe professor eu queria
inventar uma nova fórmula
da expressão Ah!

A gente poderia ter uma emoção
e ser tomado de súbito
pelas entidades secretas
da grande viagem

que pode ser a coisa mais simples
que cresce feito o tamanho
de uma torneira absurda
absurda absurda absurda
quantas vezes eu puder dizer
absurda absurda absurda
como lá fora o ladrar dos cães
que você vê a torneira do absurdo
para a roda do caminhão
que vi num filme absurdo
porque depois me lembro
que o que eu queria dizer
para você não era nada
disso nem contudo
tinha eu o propósito
de te escrever um poema
ou escrever um poema
para a humanidade
ou não ser nada disso nada disso
não ser nada disso para ser tudo isso
ao mesmo tempo porque
o meu pensamento
que de vez em quando se transforma em Platão
porque nunca li propriamente
nada de Platão
como penso que eu já devia
ter lido Platão!
Meu Deus! My God!
Eu ainda não estudei a obra de Platão
mas sei perfeitamente que Platão
era branquinho como a criança
branca sentada a sua direita
pai filho ou irmão meu
que guia minha mão

e a caneta Bic
a melhor do mundo
porque eu não entendo de canetas
mas apenas escrevo
coisas imperturbáveis e remotas
como a primeira manhã
real e única!

Mas você vê professor
que sem querer já está começando
a ser meu leitor
como na fonte Narciso
se olhava na fonte Narciso
na fonte primeira e única
você já leu a linda história
de Narciso muito belo
foi na fonte e viu que não
se chamava apenas Antonio Ventura
um simples mortal
as palavras podem ter línguas de fogo
como as bestas do apocalipse
e suas membranas incolores
eu não tenho mais
nenhum exemplar de *O VIGIA*
nem de *PANORAMA*
se você tiver me mande
urgente por via postal
aérea voando
porque quando volto a repetição
do tema
por quê? Uma espada feriu
minha carne e tudo são símbolos
e a gente escreve apenas
para se salvar

se salvar de tudo
e de todos os atropelamentos
e manchetes de sangue
que você vê nos jornais sangrando
e raramente dizem
que o rouxinol
o rouxinol do absurdo
que é existir as coisas
como essas constelações
como essas nebulosas
como essas vítimas e as crianças!
Você sabe o efeito da cor branca?
Por exemplo: eu escrevo imagens
no papel.
Ponto. Um dia tomei um ônibus
e o ônibus era alado voava
com os passageiros dentro
do ônibus que voava.

Existe o virar de páginas
mas a cantiga ou a canção
ou a cantilena sem nexo
ou o soneto ou a estrofe
que já não sigo nenhuma regra
nem partidos nem classes
nem A nem B e nem C
por favor peço para todos
aqueles que
vieram com todos os venenos da manhã
venham mas não manchem
meu traje branco
ou incrinem ou encrinem
ou que outra palavra
alucinada poderá repetir

a gramática secreta
como os hieróglifos
quase indecifráveis e secretos
como a secreta pirâmide
ou como qualquer palavra
ou qualquer verso de qualquer poema
que você acabou de buscar
na memória
o paraíso das ilusões
o fonte secreto do paraíso perdido
que não era para sair
o fonte secreto do paraíso perdido
mas a fonte secreta do paraíso perdido
e você vê não é que eu
não entenda de gramática
eu sou o bailarino dos jardins impossíveis
e dança na dança que me dança!

O paraíso secreto. Esse poderia ser o nome
do maravilhoso maravilhado
que estou querendo
explicar não sei por que
ou sei? Ou sei!
Que emoção deva ter o poema?
Às vezes eu escrevo tão depressa
que quando chega a palavra
como o pôr do sol
que é minha roupa
que uso aos domingos
para ir ver o pôr do sol.

E você vê como podem ser
os vícios de linguagem!
Como pode ser, como pode etc

mas também como
você vai buscar a fonte do poema
e encontra uma calçada
e uma criança feliz demais
nesse tempo sombrio
numa esquina
das ruas de Copacabana
Copacabana me engana
a gente não procura rima
mas rimou.

Eu paro ou devo continuar?
Porque não quero insistar
ou melhor não é insistar
mas insistir na nuvem clara
ou deixar no balde
onde se lavavam as roupas
que se sujaram
durante a viagem!

Eu paro ou devo continuar?
Continuar fazendo poemas
lendo Shakespeare
é um passarinho que canta
naquela romanzeira
onde nasciam romãs
e frutas do conde
e castanhas do Pará!

Do Pará ou do para!
Continuar a escrita
que alguém me guia
alguém me leva na fonte
porque todas as outras coisas

são completamente
outras imagens!

Mas a gente sempre se repete
na água clara da montanha
ou a água suja da planície
onde visito todos os dias
meus pombais minhas pombas
as rolinhas em meu ombro
coberto de nuvens.

A fonte é imensa!
E pode se descobrir todas as imagens
porque poesia é imagem
é a imaginação o espírito
espiritual na ou em sua
forma mais pura
a forma que originou a escrita.
Mas alô professor Vicente
será que eu tinha me esquecido
de você?
Ou de você de você de você
você sabia que eu às vezes
escrevo e misturo o tu
com você e depois eu misturo
vós e depois eu misturo
eles para que todos
façam parte do espetáculo!

Lá fora, nesse morro de Copacabana
onde moro
os cães ladram
num ritual de magia e medo!
Porque ladrar na noite

os pergaminhos a coberta
mas cobertores sem
o acento circunflexo
ou com ele!

Porque você vê a força
que tem o asfalto e as máquinas
a vapor de nuvens
porque me pintaram de branco
e eu volto a ser pastor de nuvens
e não sei por que me
lembrei dos faróis
os faróis me iluminam
na alta noite em que escrevo
um poema uma carta fantástica.

My God! O ladrar dos cães
lá fora
me traz lembranças.
Por favor help alguém
me olhe o pôr do sol
cuide bem dele
porque ele foi o meu primeiro amor.

Pode chegar o momento
o momento (pelo amor de Deus)
exato o momento que
por que pelo amor de Deus?

Há sempre o relógio do mundo,
lá fora o ladrar dos cães
aqui e agora sempre as
nuvens flamejam
quando penso nas crianças

que ficaram fora
do espetáculo porque
não tinham dinheiro
pra pagar o ingresso
e entrar no infinito espírito
vestido de arabescos árabes
a flor da Arábia!

Vamos todos para o grande circo
franjados de lantejoulas impossíveis
e inventar um novo vocabulário.
Ah eu estou condenado a esse
amor e o nascer do medo
porque eu e ele à sua direita
descemos ao inferno
porque estou encarcerado nesse cárcere
de cães lá fora
porque o medo pode ser
a única prisão!

Às vezes escrever me dá medo
porque escrevemos o verso
e depois olhamos o que foi ditado!
Escrever me dá medo
ou foi o ladrar dos cães?
E porque fui levado
a escrever tudo isso
que eu queria apenas te pedir
um favor please my friend
que reste apenas o amor
esse amor bobo imbecil louco
que pode salvar ou destruir tudo
inútil como aquele que ficou
parado na porta do circo

e o circo tem todas as portas do mundo
e tem lonas imensas
e tem jardim encantado
tem jardim da infância
porque eu quero fundar um jardim da infância.
Para que tantos jardins?
Para ficarem suspensos me disse uma voz
suspensos no ar
como a Terra.

Você pode me ler de qualquer maneira
começando pelo vento ou pela campina
onde semeamos o trigo
e você vê logo teremos
trigo dos trigais
o ouro em minhas mãos
brilhando como o nascer do sol
aquele sol raiado
que sempre raiava no horizonte
refletindo um lugar-comum
que é essa hora
que acabo de olhar no relógio
as horas violadas de vigília
aquele que guarda a porta
que em todas as paredes têm portas
janelas claras
e meus olhos claros (claro)
por que claros? Para mim, ora
pelo menos tudo é claro!
Eu fiquei claro e pousei
sobre a folha mas podem vir
mas mãos escuras podem vir
e pousar sobre a mesa!
Sou inocente embora queira

meu sacrifício queria rasgar
meu traje branco
a folha é branca mas tem um inseto
pousado sobre a folha branca.
O senhor tem mãos finas?
O senhor tem identidade?

Os cães poderiam ser mais mansos
e não ladrar assim tão alto
lá fora meu espírito passeia
leve leve e os cães ladram na paisagem.

Penso que meu espírito está
passeando vadio pelas areias do deserto
de cães eu quero ser o oásis
eu quero ser o oásis
ou a voz do silêncio que não
sabe de nada, embora tudo viu!

INSÓLITO

Porque isso é uma história fantástica
que começa com as badaladas imensas e profundas
e distantes de um relógio-despertador o único no mundo
porque isso é uma história fantástica o INSÓLITO
que vi bordado em letras vermelhas e azuis e amarelas
atrás da blusa jeans azul escrito em pedras coloridas
e brilhantes: INSÓLITO.

O indomável INSÓLITO de vidro e prata que era
a cor do potro selvagem então eu marquei isto é
quando eu marquei no relógio-despertador que está ao meu
lado de marca Herweg repetição que repete milhares
de vezes e as crianças nem acordam porque estão brincando
juntos com a tarde cinza bonita úmida e fria
que está fazendo na cidade do Rio de Janeiro aqui e agora
mas como eu estava explicando ah não as bestas mas as feras
que brilhavam na tarde de sol de Ribeirão Preto
quando tinha sol um sol que queimava minhas vísceras
e iluminava meu espírito iluminado e em chamas
pelas ruas de Ribeirão Preto Avenida da Saudade
onde as éguas aladas me levavam em seu dorso
de marfim e sal as donas absolutas do INSÓLITO
no ar INSÓLITO em névoa que vi quando era menino
calças curtas vento nos cabelos pelos pomares onde
os frutos não tinham pressa nem de nascer nem de morrer
e que também são terríveis como a gata alada
que vi em minha imaginação que é o INSÓLITO.

A memória para sempre eu gostaria de explicar
o tempo que passou está já no passado o presente está
no presente o futuro e a eternidade eu jogo meus símbolos
signos marca de pedra de tiro dois que ouvi ao redor...
E que me fez parar um vago ruído um pingo da torneira do
[absurdo
que pinga a sua gota absurda ploc ping ahaannn?

Eu tive que trocar a folha ou melhor as duas folhas
brancas e transparentes como a primeira luz que um dia
se transforma sempre em primeira
em primeira ordem maravilhada é teu nome ave minha
amada das mil e uma noites porque tinha que ter
mais uma a eterna o tic-tac do relógio
que ficou mais alto me despertou para outras planícies
além daquelas que vi em Ribeirão Preto e eram sagradas
como o primeiro corcel Jimi Hendrix a corda sagrada
e eterna da guitarra que me lembro aqui e agora
vi em Woodstock filme a que assisti uma vez e depois
outra vi Janis Joplin montada em uma estrela
uma estrela dourada que vi no chão
e tinham todos os outros meus corcéis de prata
e verde e rosa e azul como o mar de Ipanema
nas dunas houve o despertar dos mágicos!

As crianças foram assassinadas ao meio-dia
mas nas dunas de Ipanema ou na montanha a Gávea
a pedra que subimos numa escalada de milênios
o vento e nossas pantomimas os Chaplins da montanha
Chaplin na montanha o Carlito aquele vagabundo
que pode nem ter crinas de prata mas galopavam os cavalos
de prata no imenso curral que já descrevi em um outro poema

o grande espírito te ressuscita como eu criança
mas eu sou o espírito que é santo e é de satã
meu irmão negro que vive vigiando a porta
o escravo o negro a matéria corrosiva da planície
meu corpo iluminado e eu só quero eu também sou a pausa
mansa e serena olhando o mar expulsando demônios
existe um potro selvagem de prata e que às vezes
é outro é ouro e também medalhas
e Deus tem todas as caras da moeda
porque se você tem um cruzeiro ou dois ou três
mas que não tem um potro de prata
porque montado em seu potro selvagem Antonio Ventura
perto do tic-tac do relógio-despertador
que me despertou outra vez para a folha
branca que tenho imensa em minha máquina de escrever
uma máquina Olivetti modelo 45, a escrava acorrentada
que vigia a porta eu estou escrevendo um poema fantástico.

O relógio de repetição que faz tic-tac
e o tique-taque tiquetaqueia em todo tempo e em
todo espaço o tic-tac a primeira ou a outra
o tic e tac sou eu nessa imensa balança
e tem vez que peso um pouco aqui outro lá
mas sempre em aqui e agora o relógio é imenso
a marca do relógio-despertador é Herweg repetição
o pêndulo da noite de terror o pêndulo
a câmara dos horrores o medo o espanto e o grito
timpânico das crianças que desceram da montanha
para a planície foram trabalhar uma das crianças
meramente o nome dele é Jair e o nome da outra criança
que também é iluminado se chama Moa

como nós o chamamos meramente aqui em casa
onde as coisas eternas são eternamente eternas!

Não façamos nenhuma lei severa sejamos brandos
só para atrapalhar a gramática e eu sabia de toda a gramática
então venha cá menina vamos estudar juntos
nessas carteiras nessas árvores na areia e na neve
escrevo seu nome que não seria propriamente liberdade
mas que se chamara ele o imponderável o da câmara secreta
que ardia na sala onde moro sete velas acesas
que acendi para o espírito iluminado Eros
o deus da vida que tenho guardado em cima de uma
prateleirinha fantástica onde existem todos os medicamentos
pra sarar os males da morte que bateu asas eu senti porque
eu vi e eu vi uma revoada de asas
na imensidão da sala do quartinho onde estou
escrevendo uma história ou um poema que tinha pensado
em escrever porque aqui e agora fui sempre um camponês
um guardador de rebanhos foi o senhor meu pai
que morreu numa madrugada no Hospital das Clínicas
morreu como um passarinho disse o negro
encarcerado na grande porta as correntes o negro
meu filho eu te amo e estou escrevendo através
da máquina porque escrevo através da máquina a vapor nuvens
de vapores que sempre me voltam na cabeça.

O trocar de páginas eu estou escrevendo um poema
aqui e agora épico moderno terrível como a criança
e que esta criança está em mim sentada em meu colo
de nuvens que cismei ficar olhando em um haicai
que o Reisler fez e que tinham nuvens acima da estrada

e o capim estava imenso tombado e colorido
nos vastos sertões brasileiros a poça o mar o arco-íris
o arco-da-velha que eu sempre imaginava
à beira da parede sem porta como disse Fernando Pessoa
que havia uma parede e que atrás das paredes tinham
[nuvens
que corriam velozes como o vento e porque não a brisa
que é mais suave leve e suave venta na montanha onde jazo
em meus cabelos ventam ventanias em meus cabelos ventam
numa tarde quando se bem me lembro sentei a beleza
em meus joelhos em meu colo em sua nuca branca e quente
onde galopei ao som galopei solidões e espadas
galopei pelas estradas galopei
mas encontrei água fresca na cisterna no poço
era fundo e escuro mas tinha água fresca
tic-tac tic-tac o tic e o tac tic-tac
um dia vieram a mim e me disseram
vai haver uma festa de ouro e prata
os povos irmanados no crepúsculo é a imagem de um poema
de um iluminado mas também de um endiabrado
com o diabo no corpo na cintura cósmica de minha travessura!

Quieto satã ou filho do céu que estou aqui e agora
para o número que se perdeu e olho
na microscopia e vou para trás e para diante em cima
de seu corpo é a égua alada que estou lembrando
uma noite uma árvore uma lua persa e a porcelana dos chineses
o pó branco o sal da terra que brilha demais lá em cima
porque eu tive sede e fome e quebrantos e maus olhados
as flores das Flores do Mal de Baudelaire
em minha mesa a escrita todas elas

falando assim apenas para compor essa reivindicação
da eternidade com essa última linha o último verso dessa página.

E na outra página a pomba branca dos pombais
busca o fio de piano o fio de plumo
para plumar as asas imortais do recém-nascido
acabado de chegar das ruas com medo das ciladas
meu sobrinho que se chama Donizete Roberto Ventura
e é filho de minha irmã virgem louca
a que esteve montada em vertigens
a que se iluminou numa noite ou tarde de verão
e eu ficava sentado pelas praças públicas de Ribeirão Preto
onde vi as primeiras lamentações!

Mas cessai as lamentações que o avião a jato
chegou disco voador da paisagem moderna
mas sobretudo eterna mas um dia chegou a banda
a música o maestro e a sinfonia estava desafinada
mas estava porque a flauta tocou a voz de Pã
sem medo mas como saber se o que gemia de dor e espanto
a geometria o triângulo a janela aberta
o relógio o tic-tac my friend
a casa suas coisas e o teto que nos esbarramos
em nossas mãos garras âncoras pesadas do Atlântico
o nascer do sol em Copacabana
às cinco horas da manhã eu vi um curral de vacas
e quis leite então eu fui pedir leite para o dono do leite
virou a esquina e quis me dizer adeus abanando as mãos
como quem se despede e segue para outras viagens
na montanha onde tinha uma floresta verde
e tinha um guarda vestido de verde e seus olhos estavam
eram dois e me olhavam por detrás de todas as árvores

que eram verdes e nos mostravam caminhos
vistos pela primeira vez com olhos imortais
estávamos apenas olhando a beleza
então dissemos ao guarda que também vigiamos nossos
                                              [limites
mas na montanha onde jazo a porta está aberta
o prato a comida o garfo a colher as nuvens
o que faremos das nuvens e dos garfos!

Eu parei, o Donizete Roberto Ventura
meu sobrinho magro moreno 1,72 m de altura
o filho que tem o sobrenome da mãe e não do pai
porque Aparecida Ventura nunca se casou a virgem louca
que trazia em seu colo a boneca
a boneca loira e imensa no colo
uma boneca loira da Estrela a indústria de fazer brinquedos.

Depois fiquei horas parado esperando Godot
então o Richard um menino loiro
de origem inglesa porque ele fica sentado
com seu rosto sorrindo
onde está o Gênesis a música o disco
mas ele estará logo de volta e faremos desenhos
e colocaremos na parede os desenhos
com o risco exato da serpente e do pincel na tela branca
o Arco do Triunfo em foto em chamas
e havia um chinês que estava
amarrado na página do jornal e de longe
dava para ver o sorriso imperturbável do chinês
que ia ser fuzilado na página do jornal
mas o mesmo jornal disse que ele tinha
o sorriso imperturbável da manhã

porque no princípio era o verbo e era a carne e era a ideia
brilhante como o raio laser ou como os elétrons
que giram e voltam a si desde a origem do trigo
aquele que plantei no jardim de minha casa.

De sete horas tenho aproximadamente sete minutos
para encerrar meu poema INSÓLITO eu sou o INSÓLITO
sete minutos para espremer o caldo brilhante e repartir
para o Jair o Moa o Bem Bolado o Donizete
e também Richard que dorme no chão com a toalha amarela
estamos calmos em si em nós ainda nem cantou
o primeiro galo do galinheiro o potro saltando pelos campos
e a criança louca que em mim brinca tudo
continuará galopando em seu cavalo potro selvagem
no último minuto que resta!

DIVINO NARCISO

Narciso, por Caravaggio

Eu queria escrever uma historinha infantil
como a minha história infantil a história da criança louca
que você já viu montado em uma lambreta italiana
pelas ruas de Ribeirão Preto naquela tarde de verão
na praça quinze eu a encontrei maltrapilha e maltratada
criança de prata você se lembra eu tinha uma
pequena máquina fotográfica e fotografava as tintas da tarde
de música paz e sangue nas páginas dos jornais
eu só leio as páginas alheias que são minhas

um dia na Biblioteca Altino Arantes
onde eu ficava maravilhado lendo Fernando Pessoa
obras completas o marinheiro navegar é preciso viver não é
preciso diziam antigos marinheiros é doce navegar irmã
navegar é vir sobre as ondas iguais vieram as caravelas
portuguesas para descobrir o Brasil onde habitavam os índios
navegar como uma casca de avelã boiando na água
de todas as bacias vasilhas vasilhames formas secretas
de meu alto céu! Se você ainda não entendeu minha linguagem
é porque seu ouvido ainda não se afiou
nem ouviu o canto das sereias que quase
enlouqueceram Ulisses aquele que regressava da grande viagem!

Venham todos ouvir o canto das sereias
que querem me enlouquecer meus ouvidos imortais
estou aprisionado amarrado em um cárcere
e enfeitiçado pela feiticeira que transformou seus amigos
em porcos depois a feiticeira chamou os mortos iluminados
e Ulisses conversou com os mortos iluminados
Kirk Douglas o Ulisses a epopeia
o canto da sereia e o trabalho infinito de Penélope
que tece uma imensa rede para iluminar
uma infinita rede trança seus fios Penélope
que vi num filme colorido super produção me parece da Metro!

Vem da Grécia a sabedoria clássica! No entanto
entramos de repente no eu consumo você consome todos
                              [consumimos
as alegrias das manhãs a luz da tarde e a semi luz da noite
a criança sempre tinha nascido sempre tinha dado à luz
uma lembrança como a luz de uma esquina um supermercado
um cineminha onde se passavam seriados de nossos mocinhos
e cowboys como Durango Kid que se vestia de preto
e galopava num cavalo branco que era ensinado

e tinha o Tarzan a Jane e tinham um filho o Boy
Tarzan saltava em todos os cipós assim como a gente
era criança e soltava todos os sonhos
no grito timpânico da criançada na tarde de prata!

Ahhnnnnnnnnnn é o meu grito e meu salto de sonho em sonho
dentro da árvore da imaginação
o cipó o nó o perigo a fuga ou mesmo a bravura vã
que podemos ter com as feras mas penso que me enterneço
ouvindo aqui e agora uma música clássica chamada Bolero
então eu penso que tudo pode ser mesmo amor
o amor que é uno porque é terrível o cantar timpânico
das crianças andróginas na tarde de prata!

Então o que vai ficar é esse amor sem nome
aquele que move astros e estrelas
e que já ousa dizer seu nome o maravilhado
dos caminhos que nunca tinha visto ontem
a estrada branca amanhã o show o teatro onde você
irá vender seus SETE POEMAS ANTONIO VENTURA RIO 73
pelas ruas do Rio de Janeiro o que pode restar de tudo
é ainda o amor que não ousa dizer seu nome
porque ele é eterno e sempre vivo e brilhante
em qualquer página de qualquer poema ou escritura
que tenha escrito meu nome o amor que ousa.

Cada vez mais alto meus números e minha geometria
aqui e agora é a hora do sim
e eu quero dizer sim para todos os números o um o três
e também o sete! Porque quiseram me ensinar apenas dois
                                                                               [caminhos
o sim ou o não eles os policiais da vida
e mesmo os primeiros santos todos meus irmãos e meus
                                                                                [carrascos

todas as prisões e delegacias que vemos todos os dias
a começar pelo nosso corpo que é nosso cárcere
e nosso regresso para o planeta iluminado que nos espera
entre eu e esse companheiro meu corpo!

Se o olho não posso mais senti-lo porque você é imenso
e levita e ilumina a sala onde tem uma vitrolinha
que canta e roda músicas sagradas todos os ritmos
latidos de cães na noite porque onde moro
é num morro de Copacabana acima do Túnel Velho
onde você sobe e fica moço e brinca com pipas
e empina papagaios ao vento isto é pipas
um dia fiz um papagaio de vareta de bambu
que a gente tirava de uma cerca próxima
e o papagaio de seda branca voava com dois carretéis
de linha nº 24 que era mais forte que o nº 40 e o nº 50!
Realmente se um dia eu cheguei a crescer estou arrependido
eu não quero crescer nunca vocês se lembram do Peter Pan
o pó mágico de pirlimpimpim Ha! Ah! Ah! Ah!

Se a gramática é pobre a gente inventa
e se as histórias são escuras a gente ilumina
com tocha um palito de fósforo ou com o fogo
da fogueira linda no alto da montanha onde respiro
o ar puro da montanha onde acima tem uma floresta virgem
abaixo tem a planície a grande cidade
com seus túneis imensos pelos túneis lá embaixo
passam carros reluzentes e selvagens mas sem nenhuma culpa
de serem carros movidos à gasolina que polui o carvão
que deixamos na última cruzada encruzilhada de ônibus
e motores e sirenes de ambulância e de polícia
e ruídos metálicos das fábricas que estão fabricando
o meu tênis que pintarei de todas as cores como costumo usar

e é tão bom andar de tênis é joia melhor do que sapato de
[camurça!

Mas a gente tem necessidade do sonho e da loucura
fazer um mundo só de loucos e que não haja nenhum louco
[estúpido
embora louco o que diz que ama tudo
e fica olhando demoradamente uma coisa...

Vinde todos aqueles enamorados da beleza que cantaremos
[juntos
porque posso passar a eternidade pastoreando espíritos
que batiam com a cabeça nas pedras mesmo as brilhantes
almas mas havia aqueles que não estavam ainda desenvolvidos
o suficiente para saber que o fruto é belo
e não ficar mostrando o osso a carne eu ficava explicando
para você que era gordo e burguês não que eu tenha
[preconceito
mas você cheirava mal comendo sua carne assada
mas mesmo assim eu o amei porque em mim tudo trasborda!

O que eu sou agora é não ter saído de casa
mas ter ficado em casa escrevendo um poema eterno
e não ter saído de casa para ver
que daqui onde estou vejo tudo da imensa janela
Lúcia passa no céu vestida de diamantes
e a gente ia olhando seus cabelos seus olhos de diamantes
caindo numa tela panorâmica eu estava dentro
de um submarino amarelo muito antes do Submarino Amarelo
nascer! O Submarino Amarelo nesse céu de marmelada
ou nesse céu de junho do dia quinze de um mil novecentos
e setenta e três marcados pelo cronômetro
de solidões e espadas!

O que eu sou agora é ter acabado de escrever tudo isso
o que eu sou agora é continuar tudo isso
o poema que quero dizer e sopro que você mesmo
tem que fazer e resolver o seu problema em seus cadernos
                                                     [de escola
o que eu sou hoje é me lembrar e pensar assim
que somos da raça das prostitutas do bastardo e dos réprobos
de nossas doces mamães santas como as manhãs iluminadas
quando lembro minha mãe Leodora Cândida da Silva
a dama a donzela a menina que cantava na bica
lavando minha roupinha branca...

O que eu sou agora é não ser eu, mas ser eu enorme e múltiplo
o que eu sou agora é estar brincando na casinha
o que eu sou agora é estar maravilhado e comigo mesmo
o que eu sou agora é isso mais o ruído do relógio
o que eu sou agora é estar olhando um inseto na parede
é estar ouvindo música e estar completamente louco
mas segurando nas mãos a metafísica de ser simples
aqui e agora como o guardador de rebanhos
o guardador de automóveis o estacionamento aberto dia e noite
com uma luzinha girando amarela acesa
para indicar que ali era um estacionamento de carros
então todos queriam estacionar no espaço livre
o que eu sou agora antes de terminar essa página que escrevo
maravilha maravilha maravilhoso que só sei dizer
das maravilhas do inferno da terra e do céu.

Por favor please ó mortal my friend my love
mon amour meu bem-querer que flutua no espaço
e dança nas águas nas ondas causadas pelo vento
que soprava em um oceano iluminado
tantas luzes de um ser que só sei dizer de luzes
no ritmo de Danúbio Azul no céu de dois mil e um

uma Odisseia no Espaço que me lembro do filme
que começa com a Alvorada do homem e termina com o feto
o animalzinho feto no ar flutuando feliz
o animalzinho nascido de novo
milhares de vezes de novo!

Árvores da vida mortais que acreditam ainda
que cegos no caminho do feto cósmico de 2001
uma odisseia no espaço tudo isso que explode em meu
peito sem nenhum estilo traçado literariamente
mas apenas ir vivendo a minha vida que é incrível
me dá um trapézio que depois lhe dou no regresso
não cairemos no abismo e nossos corpos voltam
na rede imensa do circo do brinquedo
tinha uma quermesse embaixo da montanha
no primeiro encontro na quermesse compramos pipocas
e rimos na roda-gigante passei as mãos em seus seios
e beijei sua boca no alto da roda-gigante!

A música continua e eu não posso parar de escrever meu poema
porque a música continua na vitrolinha
a música clássica continua porque eu sou um clássico
eu sou a matemática o retângulo o quadrado o cisne
o triângulo a boca da volúpia de meu espírito iluminado
porque nessa página vai entrar mais luz
me perdoem é porque eu perco o ritmo do animal normal
e entro para o ritmo alucinado de um poema
que não vai acabar enquanto não acabar a música
o disco clássico pop uma velha canção dos Beatles
imensa e sem fim como a música eterna saindo da vitrolinha!

Então eu viro meu próprio espelho e me vejo
eu sou Narciso às avessas que volta para a fonte
e fica nu pelado e sem nada diante da fonte

que me deu tudo! O feto voltou voltou o feto cósmico
e como posso parar o poema esse em que em mim me visto
e me dispo perante meus juízes e mostro minhas mãos brancas
e eu não tenho pressa em acabar esse poema
porque sei que enquanto houver música aqui em casa
e continuar um inseto voando acima de minha máquina
as maravilhas maravilhadas corridas com todos os brinquedos
um caminhãozinho feito de madeira e era doce andar
sonhar com um caminhãozinho de mentira mas como era
verdade eu puxando meu caminhãozinho de madeira
onde eu transportava o sol para o lugar que queria
e não cobrava nenhum carreto eu levava o sol
porque esse era meu destino ser o condutor que distribuía o sol.

Porque a eternidade está sendo reivindicada
e não posso reivindicar a eternidade em apenas
um poema de uma página ou de duas ou de três
porque não é possível a eternidade sempre foi infinita
e a música continua me chama não só para agora o que sou
mas para todo o sempre e prefiro ouvir palavras da eternidade
do que as vãs promessas dos mortais!

Solitária natureza
em ave sobre o chão da primavera!
Ou outra coisa parecida não me lembro bem
mas esquecer também é uma forma de amar
amar a longa estrada iluminada porque os astros
no céu caminham e giram tudo gira diante da beleza
da natureza em ave do cisne de Narciso
que se olha no espelho na água de meu corpo
eu sou Narciso eu e os inúmeros que vão à fonte
que não é de nenhuma renda e não paga nenhum imposto
porque tudo pertence a mim que sou louco e tenho
o direito de assim conceber então eu distribuo tudo

em minha morada eu sou Narciso maravilhado
Narciso belo Narciso que se mira nos espelhos
que coloquei nos diversos corredores da pequena casa
eu sou Narciso e deixa-me repetir de novo seu gesto
e voltar de novo aos espelhos
onde eu sou Narciso que o contempla hei man
vem contemplar sua face nos espelhos que pus na sala
                                        [de esperar
o dia da grande festa! E a música continuará
e como sou Narciso sou belo e sempre volto a mim mesmo
mas é assim que se escreve o livro das maravilhas
é ser Narciso e correr de novo para a fonte
em mim me vejo o mais Narciso de todos
mas não pensem que isso me envaidece ou me orgulha
sou Narciso mais por um estado de consciência
porque a consciência também tem espelhos de loucura!

Narciso mire-se na fonte repita seu nome Narciso
mas não por vaidade apenas uma questão de espelhos!
O que eu sou agora é ter sido tudo isso que acabei de escrever
e já ser outro continuar na música que corre
enquanto algumas crianças ainda não chegaram em casa
e eu estou de vigília
e todos esses pensamentos e emoções são espelhos
ser Narciso e ser assim belo além de qualquer conceito
ou forma literária eu apenas assim vou sendo
eterno e dizendo que Narciso voltou
e voltará sempre para o afogar na beleza
e repetir meu nome que é belo na consumação das horas!

Sou Narciso senhor do inferno e filho do céu
eu sou Narciso eu voltei vai correndo me ver
no espelho de sua casa no espelho de seus olhos
eu sou Narciso senhor e sou tão belo que precisariam

infinitas folhas de papel para me explicar
e expor meus espelhos na galeria de arte
da viagem imensa de um ônibus urbano da grande cidade
ou Viação Cometa de Ribeirão Preto
que é amarelo e tem pintado um cometa
por isso que os ônibus se chamam de Viação Cometa
a que tinha menos desastres rodoviários
a que tinha melhor segurança
passou uma Viação Cometa em minha vida!

Sou Narciso que se repete em cada verso
e risco o céu de prata com a luz da música que não para
porque sou Narciso meu pai
e deixa que o menino tome banho nu no rio na fonte
e olhe para as águas do pequeno córrego
Narciso que tomava banho pelado no rio
sem nenhuma vergonha junto com os outros meninos
o miserável o mais rico bairro de Ribeirão Preto
o miserável Santa Cruz dos José Jacques
e era sempre a santa cruz marcando nossa herança
aquela que vem antes da carne e se chama espelho
vamos vibrar todos os espelhos
me repito em espelhos porque é apenas uma forma
de continuar a música
au au au au au também sou Narciso o latir dos cães
na madrugada em que me vejo!

Eu quero esparramar espelhos por todas as salas
por favor me ame até o fim porque senão pode ser fatal
se lhe faltar espelhos
onde Narciso vai mirar no lago seu rosto lindo
que ele não cansa de repetir na folha branca
onde antes de agora não existiam essas minhas
histórias lindas de Narciso que poderá ficar a eternidade

escrevendo o grande poema aquele que poeta
nenhum jamais fez a não ser o poeta Antonio Ventura
porque só a ele foi concebido esse poder
porque só a ele foram concebidos esses meus signos
que se repetem no espelho
no espelho de dentro o espelho o andarilho
de noites e dias eternos!

Narciso sou e não me levem a mal Narciso ser
no espelho na rede no coração na Via Láctea
Narciso é eterno e pode mesmo nunca ter fim
como os versos desse poema em que Narciso sou!

Ao meu eco respondi! Respondei! Respondei!
Que sou muito mais páginas que serão escritas
como o enigma da árvore sem folha no tempo perdido
porque se perdeu em outro tempo e se mirou
e se gostou e se beijou era eu o Narciso da Fonte!

O louco que apenas lava seu espelho é esse jovem Narciso
que pode não ter fim como a música da vitrola!
Eu sou Narciso e faço questão de me repetir
de novo a minha imagem no espelho
e dizer que a madrugada do dia 16 de junho
de um mil novecentos e setenta e três
o segundo ano eterno de Narciso na fonte!

Eu me fiz Narciso meu pai para que pudesse penetrar
em seus olhos que não têm fim como a música da vitrola!
Ah a MINHA HISTÓRIA é uma epopeia
tão grande e tão imensa como as prateleiras coloridas do dia!
Tenho dois relógios imensos em casa vê que ironia!
Mas com eles mais me divirto do que marco as horas
porque sou Narciso e todas as horas são minhas!

Eu sou o que ficou de vigília
mirando em seus espelhos da manhã porque o relógio
a máquina a negra a escrava já anuncia
que o dia hoje está amanhecendo
às seis horas e trinta e dois minutos
de um dia que foi eterno e que nem vi passar
alucinante porque estou bêbado engasgado de beleza
que é meu eco porque sou belo eu sou Narciso!
Eu sou Narciso e tomo banho nu à noite nos lagos
e eu sou a lua no lago e a lua no céu
a árvore da água a água do céu
sempre assim Narciso se via na fonte!

Narciso filho da loucura espanto meu
que o sentei ao lado direito dos espelhos
em que me visto e me vejo Narciso cantando na fonte!
Então Narciso mirando-se nos espelhos
tendo nas mãos o cálice da beleza
da magia e da loucura porque Narciso está bêbado
ao pé da fonte a garganta entupida de beleza
Narciso está escrevendo um poema ao pé da fonte
para a justificação da fonte e da torre onde jazo!

O que eu sou agora é ter acabado de contar isso
porque tudo é uma questão de espelhos!

O CATADOR DE PALAVRAS

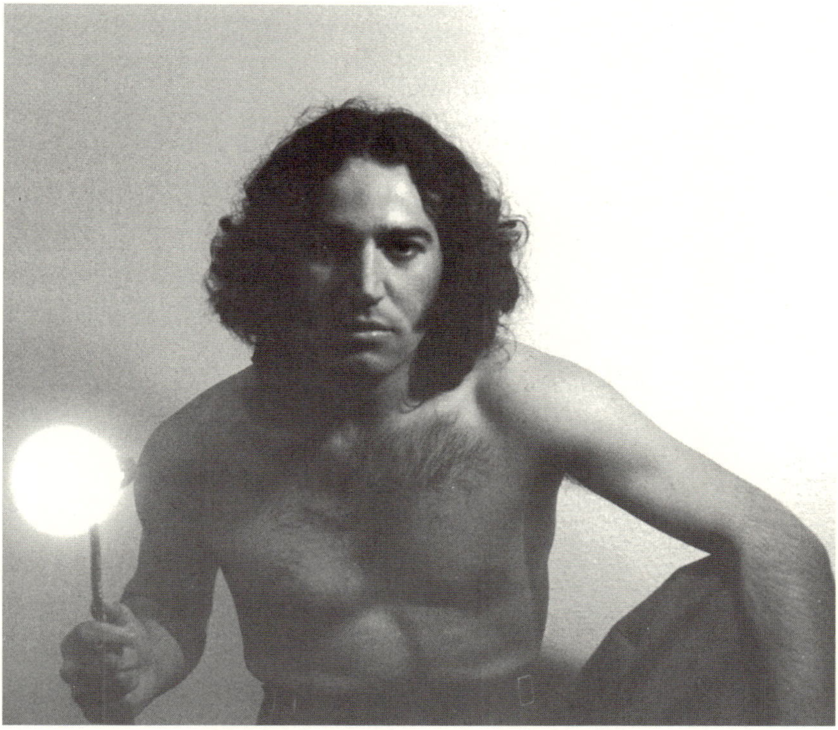

APRESENTAÇÃO

ME APRESENTO, poeta
de espírito, andando por essas ruas
do absurdo. Se eu disser
que te amo, tu me adoras?

Nossas mãos
têm obrigação de serem carinhosas,
mas sabemos também
que o animal ruge no peito sua tempestade!

Esse mar que conheço, jardim selvagem,
vem até à praia,
trazendo sempre a sua promessa
de espuma e sal!

O poeta não tem obrigação
de saber do poema,
mas é de inteira obrigação
do poema saber do poeta!
Poeta! Semeai campos de trigo,
mastigai vossa dura semente!

Ah! Mas vão brotar fontes
onde imaginamos
ser a água clara
e que tenham florestas
e tigres, e ovelha tão doce
apaziguando a manhã!

ESCREVER

Escrever nem sempre
é preocupar-se.
Nem com o verso sincero
ou vaidoso
que sou.
Escrever é respirar, repito,
aos sete firmamentos,
às nuvens
e ao intrincado e imóvel
aparentemente
o sol.

Nunca se preocupar tanto,
contudo respirar.
Essa música, esse ar, esse olhar,
essa maldição
maravilhosamente maldita.

Digo maravilhosamente!
Mas como me custa,
às vezes,
me preparar
vestido de branco
ou vermelho
para a primeira festa.
Festa? Claro! Claro!
Estamos em plena festa,
os pés às vezes sangrando,

mas sempre vivo
em plena festa!

Em plena festa!
Os pés ainda sangrando,
os amigos voltando,
os amigos de sangue,
da origem
e
de
meu
nome.

Em plena festa. Acordem!
Acordem, ó homens das cavernas,
homens peludos das cavernas,
acordem que é chegado
aquele que despejará água
sobre vocês como se fosse arco-íris.

Eu estou em festa.
Acordem, ó homens das cavernas!

O VERSO

1. Primeiro Fôlego

Sem esforço o verso deve vir
naturalmente
sem grandes atropelos.
Natural como um riacho
com águas claras, o verso deve ser.

Ou não, porque o verso não tem limites
para suas águas.

O verso escorre, o rio já não escorre,
mas corre, anda, caminha.
O verso é como um rio.

Tem seus leitos e suas margens
e seus murmúrios são
as emoções.
Na verdade eu vi
e sem mentira nenhuma eu vi
que o verso perfeito e imperfeito
não tem tamanho
nem cor única, solitária, no barranco.

2. Segundo Fôlego

Eu sou o reverso do verso.
Dizem que tenho outra cara
e que nunca sou o mesmo.

Mas acredito que o reverso
é o espelho refletido reflexo
de mim mesmo.

Eu sou um verso, no entanto,
todavia, contudo,
sou o verso e o reverso de mim
mesmo.

Penso que o verso tem todo direito,
por lei universal e digna de todo respeito,
de ser livre, pois sem liberdade o verso
não respira.
E eu quero respirar,
porque sou um verso vivo.
E meu verso é como um passarinho
ou uma águia
sem nenhuma cerca
ou horizonte que restrinja
meu voo.

3. Terceiro Fôlego

O verso é teimoso como é teimosa
a vida. Viva!
Viva! Viva! Viva! Viva!

Antes de tudo, viver, crer, existir,
dizer tolices, brincar de menino,
ser rei, rainha, crocodilos,
passarinhos e serpentes
enrodilhadas.

O verso pode ser mau como uma víbora.
Contudo ele não deixa de ser verso,
mesmo quando morde,
belisca, beija, trabalha, diz tolices
e chega mesmo a dizer que ama...
O verso pode ser amoroso como uma víbora.

Mas o verso não tem veneno
que o mate.

O CATADOR DE PALAVRAS

Queria ser sábio
e conhecer todas as informações
do mundo
e do universo.
Mas sou humano.

Queria não ser palhaço
no picadeiro
deste circo,
nem pisar
na corda bamba.
Mas sou humano.

Queria dar a todos
a merecida justiça,
o merecido pão
para matar a fome.
Mas sou humano.

Queria ser o primeiro,
só para não ter a vergonha
de ser o último.
Mas sou humano.

Queria ser forte
como as pedras
e como as espumas
do mar incessante.

Mas sou humano.

Queria ser feliz
e não precisar chorar
diante da tarde azul
e da primeira estrela.
Mas sou humano.

Queria ser eterno
na fugacidade
do breve instante.
Mas sou humano.

Queria ser o mágico
e tirar de minha cartola
os pássaros
e os segredos
de Deus.
Mas sou humano.

Mas ninguém poderá negar
que numa tarde
desenhei com aplicada mão
os símbolos.

E que vi,
na noite que entra,
a árvore da alegria
desenhada

nas incomensuráveis
estrelas.

PROCURA

Um dia saí pelos caminhos,
procurando a palavra
mais bonita,
a palavra que ninguém
ainda tinha dito
em parte alguma.

Passei por estradas
cheias de curvas,
subi montanhas,
banhei-me em riachos
desconhecidos.

Depois passei pelas cidades,
andei pelas grandes avenidas,
perguntando a todo mundo
onde encontrar
a palavra mais bonita,
mas que ninguém respondia.

Continuei andando
à procura da palavra
que lábio nenhum dizia.
No caminho do leste
encontrei o mar
que igual a um lobo
uivava e bramia.

À noite, deitado na praia,
em sonhos, uma voz
me respondia:
– Não procure tanto
nem se fatigue,
porque a palavra mais bonita
será sempre aquela
que nunca foi dita, ainda.

EM AZUL

Escrever em azul
é igual ao cair da tarde, azul.
Depois vira noite.
Em seu manto negro
de noite.
Mas a pequena cidade
do interior
já não é tão pequena assim:
tem luzes de holofotes
de teatro noturno.
Tem faróis, tem carros modernos.

Mas escrever em azul
é como o cair da tarde
lá na linha do horizonte.
Uma estrela, a primeira,
aparece.
O céu é autêntico, azul.
Essas sensações de entardecer
que vibram em mim.

Mas já te disse que não tardo.
Não para a morte, com a qual
jogo, com entusiasmo prazer,
um jogo de xadrez.
Mas com a promessa do buscado
encontro. Azul. Cheio de vida
e reais promessas!

ESCREVO EM AZUL

Escrevo em azul,
porque ao cair da tarde
as coisas são azuis
e azul é meu pensamento.

É azul a criança
que brinca em meu peito.
Azul é o mar
de águas azuis.

Nesse momento certo
o dia é azul
no meu pensamento.

E a menina azul
brinca no azul
de minha alma.

CALIGRAFIA

Branco papel
que papel faço eu
com essa caneta,
esse riso,
essa disfarçada ironia?

É o rei que vem?
Mas todos esperam
um rei
que nunca vem.

Ou já anda
tão visível
esse deus

que, no papel branco,
escondido,
aparentemente

de tão forte
ninguém vê.
Ou se vê,
disfarça,
para não sentir
no olhar
o anjo terrível.

TECER

Você não tem tempo
de fazer o poema,
porque você está fazendo
outra coisa
e você não tem tempo
de fazer outra coisa,
porque você está (agora)
fazendo
nesse pedaço de branco papel

o poema

vindo aparentemente

do nada!

UMA PÁGINA

Uma página apenas não dá para explicar nossa alegria,
nosso terror e nossas certezas
como certeiras espadas!

Uma página! Minha paixão
é tão simples e impressionante
como a primeira manhã.
É claro
queremos o sol que queima o campo
de meu pai,
aquele que nos prometeu a herança!

Mas o que é apenas uma página?
Se o vulcão de minhas paixões
mal sei esboçar no calendário.
Se o vulcão da paixão
em meu peito célere
é maior que o mundo!

ESTANTES

Para José Mario Pereira

Na primeira estante colocarei os mais belos
livros, para que nunca esqueçamos,
no decorrer da caminhada,
da face bela ou pelo menos imaginada dele.

Mas é dele de quem falamos,
ora bem, ora mal, ora xingando,
maldizendo este amor
tão suado sob este sol!

Nas prateleiras encontramos
seus dedos de luz, por sobre
os montes, edifícios, cidades!
Seu rosto sorri gordo sol

luz amarela
como se realmente existisse
luz de outra cor como o azul, o comum céu
ao qual olvidamos cegamente
suas leis!

Nas suas prateleiras, ele guarda
páginas que são só dele, porque ele é poderoso,
por isso é egoísta,
embora sinta em seu gigante peito

um certo arrepio de fraternidade e amor!
Na prateleira encontraremos o livro dourado,
mas ela é imensa e ele soberano,
e nós, pequenos títeres de sua vontade,
vamos procurando e tecendo o verdadeiro livro

prometido!

EPOPEIA

Com os pés na terra
igual a todos os mortais,
escrevo minha epopeia
já sabiamente arquivada em algum lugar,
mas que é tão minha
como eu, que me amo.

Ela me espera de tal maneira
que me faz herói para buscá-la.
E ela me espera
de braços abertos e me chamando
e traz em sua boca de amante
bandoleira,
descabeladamente linda,
o fogo que me queima
e gosto
e escrevo com fogo nas pedras
onde ficará meu nome.

PEQUENA HOMENAGEM A RILKE

Árvore da vida!
Tuas teias! Tuas aranhas
de origem! Árvore da vida!
Quando teus frutos maduros
e amarelos estiverem grávidos
da mais pura semente,
semeia esta terra,
este deserto fértil,
e inunda as represas
dos pomos
mais deliciosos!

Árvore da vida!
Unidade atômica de nosso ser!
Sei bem quem tu és,
e humildemente
mas não desprovido
de espada e coragem,
toco tuas folhas
ainda verdes pela promessa.

Árvore da vida!
Eu, mísero, pedinte,
estendo as mãos vigorosas
à luz dessa manhã
que sei será eterna.
Humildemente, te peço,
essa alegria um tanto pop,

um tanto moderna,
um tanto eterna!

Árvore da vida!
Teus frutos foram
planejados lá do alto,
para serem abundantes,
e exuberantes!
Brilhantes!
E fora dada a ti
a gravidez da manhã
cheia de auroras
e vislumbramentos!

LEMBRANDO UM POUCO RILKE

Quem, se na solidão plena
de si mesmo e de todos, gritasse,
que anjo o ouviria?
Certo que todo anjo é terrível,
mas todo anjo habita
um animal
que se mexe
e tem asas
e voa.

Ou não voa, quando é paquiderme.
Mas outrora, numa rua de Paris,
ficaram meus sonhos
e havia um circo
numa rua de Paris.

Árvores da vida!
Não sejamos apenas
animais
dentro desse duro escudo
romano.

Já que todo anjo é terrível
como uma verdade
inevitável,
deixa dourar tuas asas
de prata
sobre as pedras
duras
e inertes.

LEMBRANÇA DE FERNANDO PESSOA

Muito antes de nascer
já era eu mesmo Fernando Pessoa.
Eu. Repetidamente Eu.
Eu. Esse símbolo que serve
em todo o tempo
mesmo aquele tempo em que apenas
deslumbramos a janela acesa
e lá dentro o paraíso.

Paraíso como qualquer um
nessa janela única
e aberta
e no fundo da estrada
é só olhar direito
e verás a estrada
caminhando para o pomar
de frutos deliciosos.

PARA VINICIUS DE MORAES

O arrepio
do vento
macio
dos coqueirais!

Lindos braços
morenos,
ó amada,
na tarde

de

ao sol,

ouvindo o sol
quente

na tarde,

falar de amor
em
Itapoã!

EX–PERIÊNCIA COM CRETO

Branca nuvem branca,
nuvem tão branca.
Negro céu negro,
céu tão negro.

Café com leite?
Cafuso? Mulato?
Ou índio bravo? Ou valente
índio desse continente?

Branca nuvem branca,
nuvem tão branca.
Negro céu negro,
céu tão negro.

Nasci nos trópicos
e sou moreno.
Vim de Maria, de Eva, de Joana,
de Leodora, de Lenora?

Branca nuvem branca,
nuvem tão branca.
Negro céu negro,
céu tão negro.

Até cangaceiro já fui, poeta
e cantor popular
igual àqueles desses nordestes
ensolarados
e sedentos de tanta eternidade

                                        eterna
                                        idade nossa
                                        que cultivamos
                                        na sombra
                                        das palmeiras
                                        do arvoredo.

Branca nuvem branca,
nuvem tão branca.
Negro céu negro,
céu tão negro.

A gente sabe.
Nos infinitos pontos
descobrimos
as numerosas faces.
Aplicada mão
procura sempre
a porta
do labirinto
de Ariadne
e do rei Midas.

A gente sabe
que a estrada
é essa.
A gente sabe
que viver
é navegar
no luar,
junto à ilha,
à praia
do rei Midas.

A gente sabe
das extremas galerias,
ou pensa que sabe
o segredo da lua
ou das estrelas.
O que sabia
e procurei guardar
já me esqueci
do que esqueci.
Assim é o labirinto
do rei Midas.

A gente sabe
todas as histórias
do labirinto
e do rei Midas.
Ariadne, estou aqui,
Teseu e navegante.
Vai até Midas
e me tragas um cacho de ouro
e lábios e teu mel.

PROMETEU

Quando Prometeu
prometia o fogo sagrado,
o Deus do Olimpo
se zangou,
fez cara feia.

E Prometeu
foi acorrentado
no deserto
de abutres.

Meu fígado não dou
para ninguém comer.
Por isso eu digo
a qualquer rei:

Muito mais
que Prometeu,
resistirei!

CÉSAR E BRUTUS

Cidadãos da justiça, prestai-me atenção!
Não estou aqui para elogiar César, nem para chorá-lo.
A justiça, às vezes, parece ter ido dormir
com os animais selvagens,
porque os homens perderam a razão.

Cidadãos da justiça, prestai-me atenção!
Não estou aqui para chorar César,
mas ele foi meu amigo fiel e justo.
Ele matou inocentes,
violentou e deflorou mulheres,
comandou exércitos e cortou gargantas,
foi ladrão e furtou liberdades,
conquistou povos e os tornou seus escravos,
e cobrava altos tributos para seus resgates,
e encheu de ouro as pedras de seu reino,
e mesmo assim, como o povo o adorava!

Cidadãos da justiça, prestai-me atenção!
Estou aqui para enterrar César, não para elogiá-lo.
Estou aqui para derrubar em revolta as pedras de Roma.
Confesso que fui seu anjo predileto, e também, como o amava!
Meu nome é Brutus, não Marco Antonio.
Por isso contra todos os Césares erguerei minha espada.

JUSTIÇA

Para Ovídio Rocha Barros Sandoval

O que é a Justiça
senão este dever
de espada cega
e de fogo?

Nas campinas
formamos nossa Justiça
qual espada cega,
perigosa
aos olhos impiedosos.

A conferência não começa
para nossa esperança!
Que conferência é esta
onde buscamos
de olhos vendados,
espada flamejante,

o pomo da Justiça
dourado?

O JULGAMENTO

Aplicar a pena
que pena!
Que coitado
do homem
no banco
dos réus.

Matou?
Por crueldade
ou legítima defesa?
A prova
nem sempre
está no bojo
dos autos.

In dubio pro reo?
E a vítima,
coitada?
E enquanto
os homens julgam
na Terra
o destino do outro,

na tarde
Deus passeia
indiferente
no céu
cheio de nuvens.

O COMBOIO

Existe um comboio
que passa por minha aldeia
e seus vagões são de prata
e na noite alta estremecida
a terra treme à noite
quando passa por minha aldeia
este comboio de aço
que sobre os trilhos
faz seu branco traço,
percorrendo o espaço,
e vai estrondosamente sumindo
na noite acordada.

(Na noite cheia de cães
latindo
enluarados).

Ao longe, o comboio some.
Assim como uma memória
(cavalo de ferro na noite de prata)
passa o comboio

de minha aldeia.

Tam... Tchum... Tam... Tchum... Tam... Tchum... Tam... Tchum...

NOITE

A noite
já comumente
agitada
é como um grito
de cães no escuro.

A noite é um uivo de cão
inconsolavelmente atento.

A noite é o grito
de todas as bocas abertas
no escuro gritando!

Gritando!

Gritando!

NOITE AINDA ANUNCIADA

Se, no relógio-despertador,
tic-tac-tic-tac
as horas são meia-noite e meia
noite ainda criança,
se levarmos em consideração
o tic-tac do relógio
despertador.

Quero estar ao tic-tac
de meu coração
desperto.

O CORVO

Mas à meia-noite, (como agora)
naquela hora da noite
que apavora,
eu, (cansado um pouco,
mas não morto de fadiga)
e, manuseando velhos livros
(estranha lida)
procurei a resposta
a todas as perguntas que fazia.

Mas na noite escura, (a horas tais,
e lá fora chovia)
vem até minha janela (na penumbra),
uma sombra que me diz:
vai rapaz, caminhe cem anos
de solidão, o sol é o estandarte
no peito, vai, e faça o círculo
dourado, gravado
nessa estátua de Palas.

Lenora, dê milho a esse corvo
para que ele não se alimente
de carne humana.

ELE

À tarde, quando ele chega,
ele vem com o vento
e ele dança em meus cabelos,
arrepiando minha tez.

Porque à tarde,
se ele não vem com o vento,
meu coração se dilacera
e minha alma treme
como um pássaro
no frio.

Ó Amado, que vem com o vento!
Traga-me seu hálito quente
e milenar,
e conforte
minha solidão
tão pequena

tão humana!

CONVALESCENÇA

Tão frágil e tão enferma
a alegria nasceu hoje em meu peito.
Mas nem por isso meus olhos
deixaram de sorrir,

porque miseravelmente a alegria
nasceu hoje em meu peito
como uma flor, convalescente
à beira de um caminho.

Uma alegria quase humana,
humilde e sem identidade
como uma dor de repente.

Uma alegria que tem o compromisso
de ser apenas alegria
e de ter nascido hoje em meu peito.

SONETO ORIGINAL

Na primeira casa porei a causa primeira,
na segunda a semente entumecida
para na terceira casa já ser
o início do quarto mistério sereno.

Na quinta casa ainda tudo é jardim
e na sexta você já vê que o estado
de graça é na sétima que a estrela
mesmo na oitava casa onde se parece

com o outono entrando na nona casa
e na décima são esparramadas sementes
de frutos apodrecidos em novembro.

Na décima segunda casa, convido meus fiéis
e lhes darei os treze mistérios temidos.
Na décima quarta, chave de ouro, o paraíso.

SONETO DE NATAL

Nesse Natal quero estar preparado
para receber em meu seio o bebê de Rosemary
e o menininho Jesus nesse Natal
onde os sinos tocarão sutil e fino.

Nesse Natal quero estar preparado
para receber em meu seio o bebê de Rosemary
e o menininho Jesus nesse Natal
onde um sino maior e aparentemente invisível

tocará mais alto para anunciar o dia
comum a todos e não será esse dia
para beatas aparentemente serenas.

Nesse Natal quero estar preparado
para receber em meu seio o bebê de Rosemary
e o menininho Jesus nesse Natal.

TEOREMA

Essas lágrimas não são lágrimas de dor
nem de tormento, nem alegria.
É uma coisa que vem como lágrimas,
mas creia-me: não são lágrimas

de dor: delas nascerão cisnes
que cantarão, ao meio-dia,
o dia das maravilhas. Essas lágrimas
não são lágrimas de dor,

daquela dor doída que dói
lá no fundo da gente. Essas lágrimas
não são lágrimas de dor:

delas nascerão fontes onde aliviarei
minha certeza de ser humano.
Creia-me: não são lágrimas de dor!

DUELO

Por todos os hexagramas
disponíveis no universo,
quero a felicidade
e quero a liberdade suprema
de me manter vivo

mesmo nesse duelo,
nesse faroeste americano,
nesse filme de cowboy,
onde um dia te encontrarei
ao pôr do sol.

E um pouco de nós (eternos
e velhos heróis do oeste)
morrerá
ao estampido do gatilho
no duelo
de nossos olhos

ensolarados.

SOL

Dentre os intermináveis pontinhos,
busco o segredo do Tigre.
A vida é uma garatuja
entre outras coisas.
É bom ver o sol, passear,
ver que o sol
nasce realmente
no horizonte!

A busca do sol não é segredo
desde o dia
que se chama dia.

Salve sol!
Coisa mais antiga
do universo!

RARIDADE

É só para raros.
Mas hoje em dia
tudo é uma raridade.
De tão novo.

Todo mundo acha.
Que tem um sorriso raro,
que tem um nariz raro,
a boca rara vermelha,
polpuda, úmida
como o pecado
e sempre rara.

A entrada é uma porta rara,
mas parece um portão comum
(e lá dentro a mansão)
mas você não entra,
se não levar a chave.

Lá dentro é tão raro
e eu não diria a palavra festa,
nem trama, nem drama,
porque é muito difícil
explicar em palavras
essa entrada, essa saída.

Mas sei que entro.
E que saio.

POEMALAÇO

Dentro do nó
de meu laço
meu abraço.
Em teus braços
descanso
meu cansaço.

Dentro do nó
de meu laço
no mormaço
da tarde
de aço
também aceito
teu cansaço.

Dentro do nó
da noite
meu laço
teus braços
teu laço
meus braços –
a geometria
do amor que não sei
mas que faço!

POEMA QUASE PRECE

Senhor, deus da luz, deus de tudo.
Senhor, aquele que não conheço
além dos ruídos da noite,
já quase meia-noite.

Ainda tudo é jardim
e deus e o diabo
como duas ternas crianças,
irmãs gêmeas
da mesma alma,
o mundo universo
que venho até às lágrimas
por não saber
corretamente

o mundo universo

transmitir!

MAQUININHA

A máquina de escrever escreve.
Mas a máquina de escrever, coitada,
só se mexe, se eu tocar em suas teclas.

A máquina é tão eficiente!
Mas por que ela não escreve sozinha
a alegria que procuro
nessa noite escura?

MATO LIMPO

Limpeza total.
E guardar em lugar abscôndito
aquilo que é sagrado
por natureza.

Não deixar vestígios
de sua caminhada pelo mato a dentro.

LOGO

Logo

ao raiar do dia
(desculpe o lugar-comum)
desmancharei

esse nó.

Logo

nas primeiras claridades
(para o começo de um novo
dia) desmancharei

esse nó.

Nó quer dizer nós.
Por isso desmancharei
(em nome de nós)

logo

ao raiar do dia
(lugar-comum)
desmancharei

esse nó.

HISTÓRIA

Vamos as palavras produzindo
tão elas mesmas
que somos essas palavras.

Essas palavras que somos
nem tão somente.

Alguma coisa atrás delas
grave
maneja os títeres
da história.

A história que aprendemos.
E nunca aquela que na realidade
possa ter sido.

GARATUJA

O desenho nasce das mãos mágicas do criador.
Não precisa o criador ter cursado escolas,
pois o criador de tudo, cheio de luz, é a
própria escola. Os desenhos são garatujas
como as estrelas, como as fases lunares. Amor,
tu és a donzela, a corça graciosa que
salta sobre os montes! Por isso, amor,
o desenho é uma garatuja daquilo que
quero dizer que te amo, e peço tua
mão, como a água que falta para minha
sede, como a camisa quente de que preciso
para dormir nestas noites de inverno!

Ó estrelas! Não confundam nossas sinas
que vislumbramos na luz graciosa da
manhã! Urge que a noite urge. E nossa
esperança é uma faca luzidia. Na
noite, resplandescente!

ESPERA

Espera, disse o ser que nunca assinou nome.
Espera.
Respirando.
Sei eu, esqueço eu.
Eu e esse eterno esquecer,
porque um minuto do relógio
nem sempre é igual ao outro.

Espera! Grita-me também o pássaro.
Mas queria sair,
sair e respirar o sol,
é bom,
é salutar.

Tantos encontros marcados
em qual deles eu irei?
Em todos?
Em vários?
Ou apenas em um
básico
e poeticamente
lunar?

EQUUS

As crinas de Equus,
ao vento, galopam.
Ao galope! Ao vento!
Na noite testemunha
Equus cavalga ao luar
com seus olhos de fogo!

Ó paixão! Ó vento!
Quero suas crinas
para minha morada!
Quero seu suor
para meu sangue!
Quero seu cheiro
para minha alegria!

Na infinita estrebaria,
Equus, deus dos
olhos de fogo, habita
em sua morada
de força selvagem!

Equus! Equus!
Príncipe das cavalgadas!
Faça-me potro selvagem
ao luar
de sua doce campina!

CANTIGA DA CRIANÇA

Minha alma está em poesia
agora. Abri os portões dessa
primeira aurora!

Viva! Viva! Embora a lâmina
do diabo queira cortar nosso corpo!

Mas abri os portões!

Deixai que a gente chegue
ao lugar sagrado, mas tão
solitário!
Acordai aqueles das alianças!
Pedi para abrirem os portões
da casa encantada!

Acordai! E vamos brincar
antes que seja tarde!

CAFÉ

Para Saulo Ramos

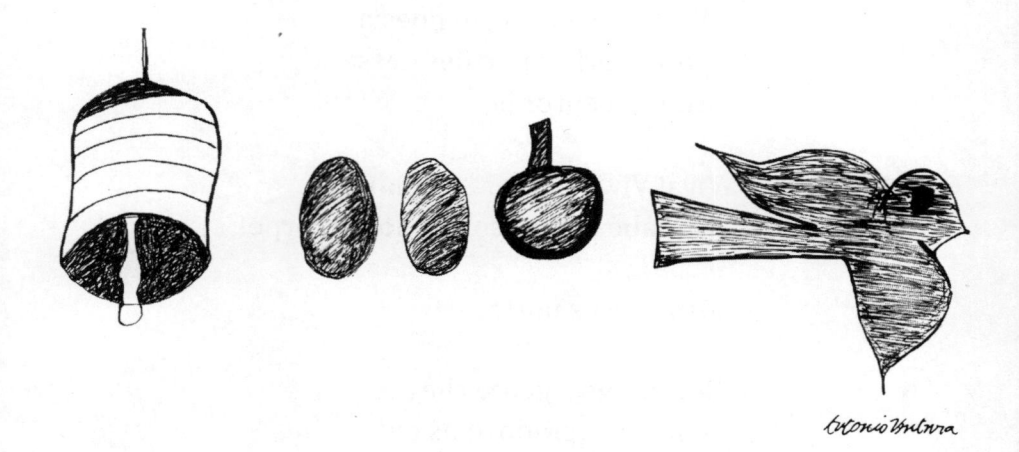

Tomar café sempre foi
hábito de todo brasileiro.
Vício até. Mania,
recomendável nos tempos modernos,
porque o café reanima, o café é bom.

Mas o café está por aí
muito caro.
Não é mais como antigamente.

Mas onde foram parar
os cafezais de meu pai?

BOI DA ESTEPE

Boi da estepe, solitário
e vário em seus amores!
Mas amo uma única
só fonte, onde o prazer

de mastigar eternos dias
e ruminar de volta
os eternos dias que já
nos foram, e somos

e seremos. Eternos
dias de meu mastigar:
nunca falte na mesa o pão

e mesmo a concórdia, o vinho
e a chave de um dia,
por todos esperado.

O DIA SUPOSTO

O dia. O suposto dia
criado por todos.
Não queremos dar o fora?
Então entremos
dentro.

Ao vento.
Correndo o perigo
ao perigo
de estar vivo
e livre
em meu (nosso)
considerável
voo.

BRINCAR

Brincar é descobrir o inefável,
é descobrir o desconhecido
que somente um dia o sonhamos.

Brincar é coisa de crianças.
Gente grande, quando cresce,
vira gente grande,
e até se esquece
de que um dia foi feliz,
porque foi criança,
e empinou papagaios,
e nadou nu no córrego
cheio de meninos nus,

e jogou biroca,
e quebrava bolinhas de vidro
em suas tacadas certeiras.

Mas brincar não era uma briga.
Era conhecer que, além
do pequeno córrego,
tudo era mistério,
e nada sabíamos,
porque éramos crianças,
e o tempo ficava impregnado
de mexericas do pomar,
de pêssegos, vermelhas amoras.

Brincar é mais ou menos isto:
gostar sempre

do caminhãozinho de nosso sonho.

A LUA SE ESCONDE

A lua se esconde
para poder aparecer nova
com vestido novo.
Para retornar
fascinante.

Escrever versos sobre a lua
é tão vulgar
nessa paisagem milenarmente

lugar-comum.

A lua parece hoje
só ter sentido para os astronautas
e para os homens da ciência

fria como a lua

escondida.

A FLAUTA MÁGICA

Ainda hoje procuro a flauta mágica.
Procuro-a nos rios, nas águas
cristalinas.

Até no suor das tempestades,
nas nuvens espessas,
procuro a flauta mágica.

Até na voz do povo,
no murmúrio de todas as gentes,
procuro a mágica flauta.

Até no sorriso da amada
e no grito timpânico
das máquinas, procuro a flauta mágica.

Na coragem do corajoso,
no sol que ilumina os dias
e no choro da criança, a flauta mágica.

Ainda hoje a procuro.
No voo livre dos pássaros
e na garganta da sede, a flauta mágica.

A MÃO TELEGUIADA

A mão teleguiada faz gestos de amor
tão manso e tão perfeito que parece
que o dia amanhece.
Por isso estou de volta
e te mando um telegrama:

o dia amanhece.
Tão duro, tão forte e tão terno
o dia amanhece
de repente como alguém que chega
e entra sem pedir licença.

Aqui estou. Presente.

A CASA

A casa tem suas paredes
mágicas.

Suas portas
são de ouro.

Suas janelas
dão para o infinito
de nossos olhos.

Sua varanda
é cheia de redes
ao luar.

O MEDO

O medo é um aliado poderoso.
Mas pode ser nosso inimigo
na medida em que apenas temos medo
e não enfrentamos cara a cara
o que nos faz ter medo.

O medo está em nosso caminho
como um relógio-despertador.
Também por que o medo,
se o mundo tem dias de sol
e tem as quatro estações?

O medo não tem razão,
quando nenhuma fera existe,
e se existe,
está enjaulada e serena,
é fera de circo
e temos domadores hábeis
e sem medo.

O medo é meu aliado,
é por isso que não tenho medo.

TIGRES

O que as pessoas
esperam de você
em suas investidas,
cada chamado,
cada grito.
O que tudo isso
significa?
Esse teatro
de comédia
grotesca
dessa coisa
chamada vida?

Todos esperam
tantas coisas
da vida.
Luxo. Conforto.
Se der, até um pouco
de riqueza.
Todos querem
ficar ricos,
isso está na cara de todos,
bons farsantes
dessa comédia grega.

E assim vamos
enrolados nós
tentando tirar

o ouro de tudo,
o ouro da amizade,
se amizade existe,
o ouro do amor,
(se essa mera
palavra existe)
o ouro do comércio,
o ouro do suor.

Um é raro
e tem ouro
na cabeça.
Outros olham o ouro,
já querendo esse ouro
e morremos ainda cedo
com a boca
que nem sempre
está cheia de ouro.

Porque a busca
de qualquer ouro
requer suor humano.
Lá está a promessa
brilhante
do encontro.
Você sobe montanhas,
é cortês com as pessoas
pelos caminhos,
mas o pote
é só miragem
(às vezes).

Depois de tantas
pedras e espinhos,
essas duras coisas
mais comuns
das estradas,
lógico que existe
uma fresta, uma abertura,
e essa fresta
me reanima,
me conforta.

Me deixa vivo,
me protege das armadilhas
no interior
da mata,
essa floresta
de tigres!

PAISAGEM MARÍTIMA – ULISSES

Ao poeta Carlos Nejar

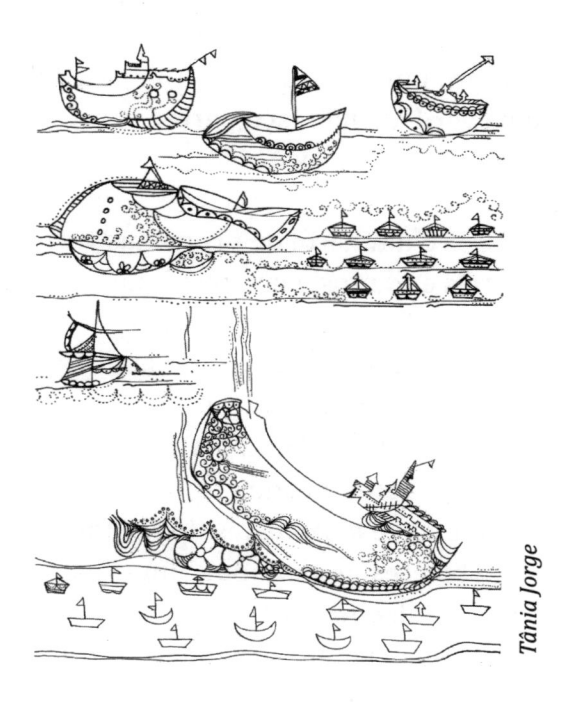

Tânia Jorge

Antes de tudo é essa vontade constante
de viagem que trago no peito, e até
na alma. É de nascença, sempre fui assim.
A sede é minha irmã, por isso navego
por mares calmos e perigosos.
Estarei para sempre enfeitiçado
por isso mando meus feitiços,
mas um dia prometi
que voltarei para casa
e reverei Penélope.

A aventura da ave, da águia, da pomba,
os passarinhos e mesmo a serpente
enrodilhada
é meu lema, meu remo, minha nuvem.

Mas Ulisses é sempre estrangeiro,
mesmo dentro de sua própria casa.
Estou perdido e me encontro
sempre num ponto fixo;
e na verdade não faço parte
das metafísicas exatas.

Ulisses é um herói de propostas várias.
Ulisses é muitos e não tem uma só cara.
Ulisses não é fácil personagem
nem tão difícil. Ulisses quer apenas
essa tarde de sol maduro
plantá-la como planta em algum coração
perdido e enfeitiçado.
Penélope, te deixo estes fios, estas linhas,
para teceres no tear mais uma vez infinito.
Pega a linha do Kaos
e tece uma a uma o tempo necessário
de minha espera.

Penélope, espera, não tenhas tanta pressa
que estou em toda parte.

POEMA DAS TRÊS MARGENS

I.

A primeira margem
é aqui,
à beira desse rio,
nesse barranco
onde um dia
à tarde
mulheres cuidavam
do jardim,
aguando
suas plantas.

A primeira margem
é aqui,
à beira
do incessante
rio.
É aqui.

2.

A segunda margem
é aqui,
paraíso perdido
sobre a Terra.

Reencontrado
de vez em quando
através da pena
de uma caneta

teimosa.

A mão que escreve
vê o rio.
Suas margens.

Nesse rio
eu fui.
E vi.

Aqui.

3.

A terceira margem
é aqui,
onde não existe
somente aqui
mas também
agora.

Da terceira margem
do rio
eu vejo
todo o rio.

Aqui
meu olhos
se encontram
amorosos.

Daqui. Aqui.
Onde a alegria
jamais está
abandonada.

A terceira margem
é aqui.

Agora.

CARNAVAL

Marcos Irine – Mascarados

Os sonhos tecemos lentamente,
porque esse caminho onde pisam nossos passos
é feito de história.
Você nasce e ganha um corpo
feito do corpo dele.
Então aprendemos
que somente ele tem o poder de dar.

É por isso que procuramos sua indefinida tecitura,
e o tocamos com nossas mãos
carentes de mais amor,

como divina virtude e proteção,
já que é realmente divino
este que toca sua pele, com esta caneta,
nesta fina e branca folha!

Todos, hoje,
neste sábado de carnaval de 1977,
dançam seus corpos suados de estranha alegria
que nem sempre é autenticamente alegre!

A minha alegria
é dançar nesta folha branca, onde escrevo.
Sei que igual a esses soberbos dançarinos,
se quiser me ver forte nessa dança
(ora divina, ora macabra)
precisarei suar copiosamente
nessa dança
nesta folha branca!

Suar à luz do grande sol!
Suar e cair em gotas, formando palavras
nesta folha branca.
Essa vai ser a premissa
de meu carnaval original,
prata pura sobre a tristeza
da Terra!

SENHORA

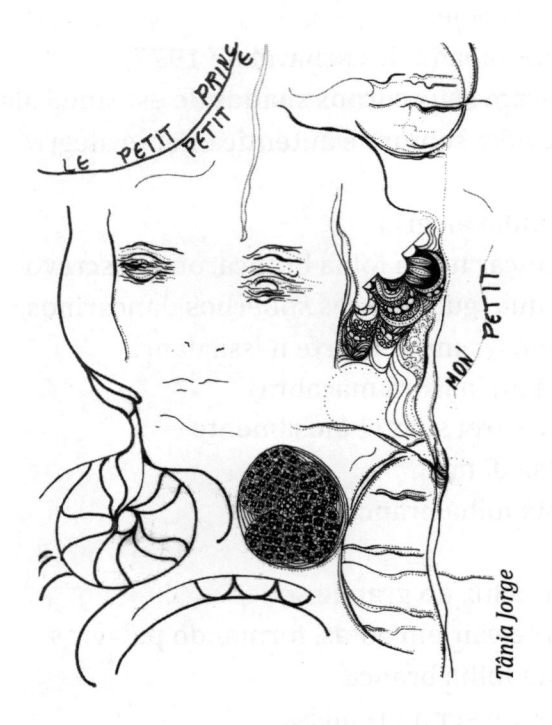

Tânia Jorge

Essa tarde de domingo, Senhora,
me dedico a você, a ti,
a vosso nome, Senhora,
dedico esta tarde de domingo lasso.

Bem te vi, Senhora,
ou nem te vi assim tão séria
diante da brincadeira
ou diante da alegria, quem sabe, até.
Assim livre
quero me chegar a ti.

De mim, para ti, Senhora,
essa tarde de domingo baço,
contudo o sol é quente, Senhora,
muito quente
como nossas paixões
ânsias, desejos, vontades, imaginações.

Imaginai, Senhora, que um dia
haverá uma festa
diante de um simples pôr do sol
e de um arco-íris!
Minhas cores eu as dou para ti, Senhora,
para você, Senhora,
para vós, Senhora,
minha, tua, vossa, nua!

Para ti, Senhora,
dedico essa tarde vulgar de domingo.
(Mas hoje tem curso de parapsicologia)
Para ti dedico essa tarde de domingo,
Senhora,
deixei de ver minhas outras namoradas,
aquelas que cativo
qual pequeno príncipe de Exupéry.
Ah!... Senhora!
Dizem ainda que sou um romântico
incorrigível, desprezível, maldito.
Mas, Senhora, hoje poderia estar passeando
nessa tarde de domingo,
numa pracinha deserta
do interior!

Você já olhou bem na cara do herói,
Senhora? Ah, tempo sombrio, este tempo!

(o tempo da flor atômica)
que já dizem
todos os jornais
que é só apertar um botão
e tudo pode explodir!

O vampiro, Senhora, vem com o medo
que cresce como sombra sobre a cidade,
sobre os vales perdidos
da imaginação.

Para ti, Senhora,
a vós, a ti mesma, a você,
essa tarde de domingo,
Senhora,
de todas as minhas paixões
e minhas palavras.

Para um bom entendedor, Senhora,
as palavras não se bastam
para explicar tudo
e até aquilo que nunca imaginamos
na grande, grandíssima,
imensa
árvore
da
imaginação
que
nos
i
ma
gi
na!

IDADE DA RAZÃO

Pela loucura
chego à idade da razão.
Parece contraditório
caminhar pela loucura
e dessa loucura dar-se uma razão.

Mas a loucura de que falo
não é coisa má
que pode pintar na cabeça
dos mais desinformados.

A loucura todos a têm.
Mas a loucura de que falo
é esse viver constante
que se chama vida.

E de modo geral
a vida é uma loucura.
São milhões vezes-infinito
de caminhos que se cruzam.
Uns dizem que vieram de Marte,
outros de Vênus.
Uns dizem que são príncipes.
O outro, escravo dócil.
Outros são vistos como malandros.
Outra é a princesa que se chama
Joana,
a sereia.

Loucura?
Existem várias.
Uma é ficar olhando o pôr do sol.
Outra é ficar olhando para a chuva.
Outra é fazer maldades,
como apertar o gatilho
a sangue frio, como um facínora
no coração do outro.
E a mais terrível (e a mais bela,
que ninguém ponha dúvidas nisso)
é ver (com alegria inusitada)
a manhã
que há milênios buscamos
acordada.

A MAÇÃ NO ESCURO

1.

O pecado da vida
é saber-se vida,
vida mesmo,
com ou sem mistificação.
A vida é o mito
que sonhamos
um dia ser paraíso.

Vida é uma maçã vermelha
como os lábios da mulher,
serpente primeira do paraíso.

Paraíso que não tem serpente
nem maçã
não é paraíso que se preze.

2.

A cultura cristã
tem de certa forma
tradições pagãs
por natureza
como o gosto
do vinho
e da bacante
de nome Maria.

Adão não foi o primeiro homem.
Eva tem que contar
bem melhor
essa história
chorosa, lacrimosa
como essas telenovelas.

Mas a bacante era fria
de nome Maria.

3.

A estética existe.
E ela está no coração do relógio
que pulsa maquinalmente
sem ter descanso.

Estética é se garantir
inteiro
para o outro dia,
o daqui a pouco,
aquele de sempre.

Somos príncipes.
Mas as moscas também zumbem
à nossa volta
no interior de nosso Reino.

Estamos no centro do planeta Terra,
em sua crosta,
pisando com pés firmes
e não só vivendo no mundo da lua, cheia, ali, agora.

4.

A melhor estética é não ter estética.
Porque a estética
está extática
no tempo
sem espaço.

Ou de muito espaço
como o céu

e a estrela Dalva,
minha primeira namorada
em minha vida de poeta.

Poeta não tem futuro, dizia meu pai.
Não tem camisa pra vestir.
Não tem namorada
encantada
para em noite de alta lua
cantar.

A maçã brilha vermelha
no escuro.

O PÁSSARO E O OVO

O pássaro nasce do ovo,
o ovo nasce do pássaro.
Nisso não há nenhuma contradição
e nenhum enigma.

Qual a diferença
entre ser pássaro
e ser ovo?

O ovo é a continuação
do pássaro.

O pássaro é o
fim do ovo?

Não, porque nada tem fim
nessa granja de Deus!

O pássaro olha para o ovo.
O ovo olha para o pássaro.
Existe uma certa doçura natural,
quando um olha para os olhos
do outro.
Onde um é pássaro
e o outro é ovo.

O pássaro é o ovo
ou o ovo seria o pássaro?
Em vários tempos,
diversos espaços,
tanto sou ovo como sou pássaro.

O pássaro voa,
o ovo se abre,
com sua força de dentro para fora,
a casca branca se abre
e de dentro, já batendo as asas,
(um pássaro de tal beleza emplumado
e há muito ele já era nascido)
então o pássaro olhou para o céu
e sentiu o vento
e andou à beira das praias
diante de um mar
que também era nascido de um ovo.

O pássaro voa para Deus
ou Deus busca o pássaro?
E o ovo? O ovo seria Deus
chocado por uma galinha enorme?

O pássaro é a continuação
do ovo, e o ovo
o fim do pássaro?
Ovo meu, mais pura gema,
fique ao sol, pai nosso
de todos os dias,

que lhe quero, a mais pura gema,
noiva dos olhos de mel,
venha que a porta está aberta
e somente a você foi dada
a chave!

Senhor de todos os ovos,
de todos os pássaros e galinhas!
Senhor de toda essa gema
brilhando no espaço!
Essa estrela, esse mar,
essa cidade do interior!

Senhor de todos os pássaros!
Conserva, sempre, a gema
de meu ovo dourado,
para que continue teu,
te servindo, sendo humilde,
e de certa forma, mau e grandioso!

Mas quem tem medo
de minha maldade?

Em minha maldade crianças
brincam no horizonte,
a lua nasce, quando eu quero,
e à minha palavra
de meu Senhor, Diabo-Deus menino,
desmancho tudo isto em alegria!

Tanto sol assim, Senhor dos pássaros.
É sentir forte, mas forte mesmo.
Na força maior da alma vadia!
De tanto amor, esse passado
sem pé nem cabeça,
essa herança, nesta vida
para viver!

Senhor dos pássaros, sagrado
e doce deve ser teu nome!
Não me esqueças, teu filho predileto,
de certa forma maldito,
dá-me forças felizes aos membros
de minhas asas,
forças o bastante para suportar qualquer vento,
qualquer tempestade de verão
desta noite!

Salve, Senhor dos pássaros!

GRITOS E SUSSURROS

Para Ingmar Bergman

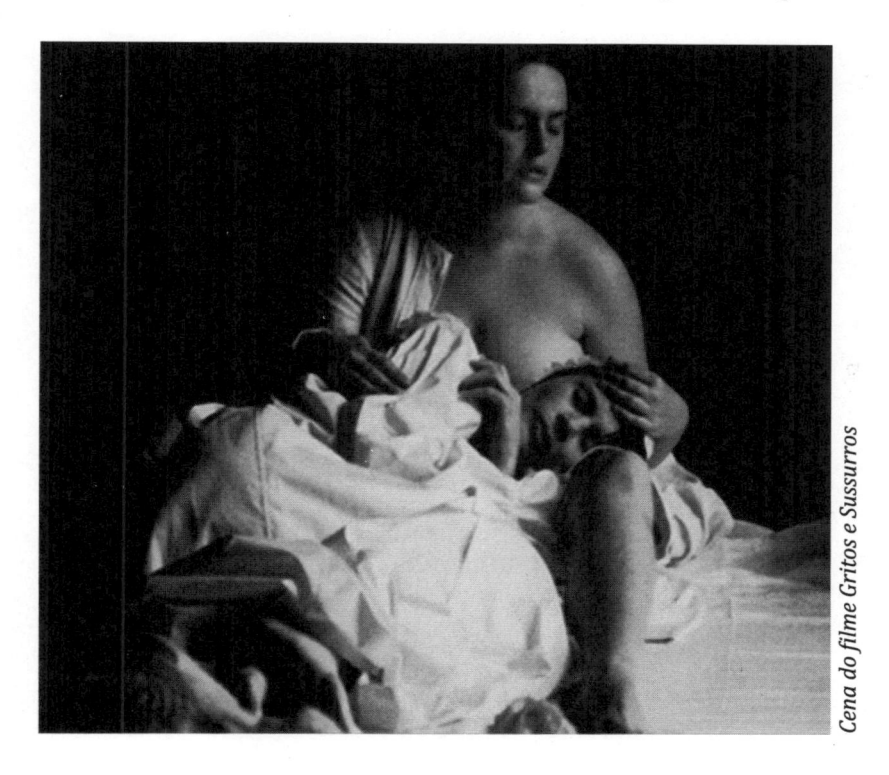

Cena do filme Gritos e Sussurros

I.

Força da grande pirâmide, obrigado
pelos gritos e sussurros de minhas
lembranças.
As lembranças são um rio,
sussurrando através das pedras,
barrancos,

despenhadeiros,
vales e montanhas.

Viva o sol, que vive mais em cima.
E eu sou essa chama, essa palavra.

2.

Força da grande pirâmide, obrigado.
Em gritos e sussurros
constantemente
vivemos o ser
e o não
ser.

Mas somos.
Canto no escuro
algo como uma maçã vermelha,
brilhante.

3.

Força da grande pirâmide, obrigado.
Obrigado até pela morte que me acompanha,
mas não me toca,
mas acende fogo, e sol,
e é maternal,
e embala seu filho que grita!

Depois sussurra,
porque nasceu

e vosso filho é chegado

não para o abandono,
não para na cruz pregado.

Mas um filho realmente
cheio de luz,
caminhando através dos caminhos
desse tempo já super-moderno.

4.

Força da grande pirâmide, obrigado.
Obrigado por me mostrar esse relógio,
esse tempo cronometrado
em gritos,
em sussurros
de relógio
despertador
de
aço.

É o tic. E é o tac.

5.

Força da grande pirâmide, obrigado.
Obrigado pela chuva mansa
que enriquece o trigo
e sara as dores da fome,
as dores dessa espera
que esperamos pacientes

que o mundo seja paraíso,
que tenha serpente,
mas apaziguada,
serena como verdade simples,
ternura de corpo manso.

6.

Força da grande pirâmide, obrigado.
Pela licença,
pela graça
de me dizer em palavras
e obrigado também por eu ser eu
e não somente as palavras.

7.

Força da grande pirâmide, obrigado.
Por todos esses gritos
e sussurros na casa
onde habitam todos,
visíveis
e invisíveis,
iguais ao silêncio
ou iguais à verdade

idêntica
autêntica
helênica.

Eu, historicamente safado,
igual a um deus grego,

a persona, o teatro,
a máscara refletida
no espelho comum
onde todos os dias

miramos
nossos cabelos

prateados.

8.

Força da grande pirâmide, obrigado.
Pelas folhas brancas onde escrevo meu nome
só aparentemente decifrável.
Eu me procuro. Sei que posso estar
em teus olhos
e às vezes
me evitas
não me dás tua mão.

Me aquece em teu peito,
Ana,
que te amo,
noiva pura de minha alma
feito trigo.

9.

Força da grande pirâmide, obrigado.
Por essa graça de te ver
tão atlante.

Por essa graça de te ver
tão cuidadosa
de tua criança.
Essa graça de não sentir medo
nem com a morte em meu colo,
essa criança faminta
de olheiras fundas
e tem na mão ossuda a foice.

A morte não faz mal a criancinhas
como eu.

10.

Força da grande pirâmide, obrigado.
Por tanta vida que há de nascer
de minha carne forte.

Sem morte.

LUARES E LUGARES

Tânia Jorge

1.

Da comida predileta
daí-me o vinho
das ensolaradas
manhãs.

2.

No tempo de hoje,
existe o hoje, o agora,

o depois. Mas a lua é impassível
em seu voo.

3.

Uma gata branca
saltando o muro
é como uma nuvem.
Um haicai.

4.

Como posso
dizer que não vi o sol
com seus dedos enormes
no horizonte!

5.

Teu grito, ouço.
Na noite, ó bem amada,
a lua cheia prepara
seu belo vestido!

6.

Verde que te quero verde
verdes chuvas, verdes ventos.
Verdes animais na campina
verde.

7.

O pôr do sol chegou à minha porta.
Abri. E o sol, ao se pôr,
inundou tudo, através da porta.

8.

Quando te procurei,
já eras meu, filho.
Vede a lua, e vede a chuva
confortante.

9.

O livro que o homem busca
está neste mar
onde conchas invisíveis
borbulham na espuma.

10.

Que me importa o mar
com seu imenso rugido?
O mar é este ruído
da noite sonora,
meu amor!

11.

Teu grito, filho,
é um chamado,
rouxinol
das manhãs!

12.

A minha vida
é como o sol
teimoso,
aberto
como girassol.

13.

Menino de olhos brilhantes,
quem te deu a lua de presente?
Quem te coroou de tão lindos
olhos?

14.

Cuida bem de mim,
ó amada,
porque o teu amor
é tão doce
como o vinho!

15.

À noite,
acendemos a fogueira
onde por cima pulamos.
As crianças, inocentes,
brincam
à luz
das chamas!

16.

Às vezes, a lua
não me convence.
Usa seus belos vestidos
de dourada renda.

17.

Um dia vi a lagoa
e a lagoa coaxava.
No brejo, a sinfonia.

18.

No dia em que vi o mar,
meu coração bateu mais,
de súbito.
Havia espumas
no horizonte.

19.

A lua é minha namorada
e ninguém me tira
seus doces braços
estendidos!

20.

Menino, nuzinho,
meu amor.
A lua brinca com teus olhos.
Favos de mel.

21.

Filho meu, sol da terra.
Lua preciosa.

22.

Palavras, palavras!
Quero a palavra eterna,
cheia de sol
e de lua.

23.

Como dizer dos búfalos
da longa campina?

Os búfalos passeiam
na campina repleta de búfalos.

24.

Amanhã, lúcida,
choverá como hoje.
E o tempo se repete
através das crianças.

25.

Os amigos,
a lua, e a fogueira acesa
nas almas
da noite.

26.

O caminho certo
é aquele que se curva
além da estrada.

E o buscamos,
nas réstias do sol.

27.

O livro que escrevo
não tem começo
nem tem fim.

Tem apenas a memória
das mangueiras
e das enxurradas!

28.

Como posso negar o vento,
como posso negar o inacessível mar,
com suas ondas de um
inacessível cheiro

de areia
de praia!

29.

As crianças brincam de rodas,
o rio ainda corre suas águas.
Não chorai o tempo, nem este espaço.
Olhai a lua, enluarada.

30.

Se canto, não é por brincadeira,
é porque eu preciso cantar
a cidade

e cantar a lua
esplêndida!

31.

A planície
cheia de búfalos
um dia sonhei.
Os búfalos
na planície
selvagem.

32.

Menino,
te ensinarei a brincar
com as nuvens,
te armarei de arcos
e flechas.

33.

O livro que o homem
pensou em escrever
era tão simples
como a linguagem da brilhante,

maravilhosa

lua.

34.

A tarde inacessível
é como roupas nos varais,
ao vento.

35.

De luz é a noite
estrelada.

36.

O pingo pinga pinga
do telhado.
A goteira cai.
Orvalho divino.

37.

À sombra das palmeiras,
minha bela,
o sol
e o mar.

38.

É inútil negar o céu,
nem a lua,
nem esta folha

branca.

39.

Se o rio corre
e se o avião voa

e se a ave
abana suas penas,

é sinal inevitável

de voo!

40.

Quero a lua de teu corpo,
ó amada minha! Sei que tuas faces
são como a aurora,
como o perfume das raras maçãs,
no nascer do dia

das maravilhas!

41.

Este livro,
quem sou eu, senão esta imensidão
de palavras,
como o comboio que passa
por minha aldeia.

42.

Depois, o que resta sempre
é esperar o bem amado
que saiu pelas campinas
de um oeste sem búfalos.

43.

O livro,
porque nas palavras do livro
líamos até as entrelinhas,
onde o horizonte próximo,
é uma borboleta.

44.

Se canto
é porque a lua existe
nesta hora completa.

TRILOGIA DO CIRCO: O GRANDE MÁGICO

Um dia o mágico, dono do circo,
cansado de ser sozinho e triste,
tirou de sua cartola encantada
pássaros, sol, estrelas, luas....

Um dia o mágico, dono do circo,
já cansado de ser mágico e dono
do circo, também criou o dia
e separou a noite, dividiu estrelas.

Um dia o mágico, dono do circo,
pegou em suas mãos o barro e soprou
e do sopro nasceu o homem, este palhaço.

Um dia o mágico, dono do circo,
que ninguém descobre suas mágicas
que em suas mãos nos faz um sonho.

TRILOGIA DO CIRCO: O ESPETÁCULO

Toda a cidade vai ver o circo
pegar fogo, no grito timpânico
da criançada. Respeitável público,
hoje tem espetáculo!

Toda a cidade vai ao circo
para ver os cruéis tigres, elefantes,
trapézio, mágicos, malabaristas,
e na corda bamba o acrobata...

Toda a cidade vai ver o circo.
Os palhaços, coitados, são sempre palhaços
e todo o mundo ri deles.

Toda a cidade vai ver o circo.
Caem os reis, palácios e ditaduras.
Mas o circo permanece como um sonho.

TRILOGIA DO CIRCO:
O PALHAÇO

Ninguém poderá negar a este palhaço
a alegria pueril de ser criança.
De poder soltar pipas ao vento...
De poder jogar bolinhas de gude...

Ninguém poderá negar a este palhaço
que um dia sonhou ser o mágico
e ser o dono do circo, e sonhou
ser rei, domador, príncipe, rainha...

Ninguém poderá negar a este palhaço
a cara pintada das rotas alegrias
que procuro no circo dia a dia...

Ninguém poderá negar a este palhaço
que um dia sonhou ter vivido
e vivido aquilo que sonhou.

HORA EXTRAORDINÁRIA

Existe uma hora
em que ele é invulnerável como os Deuses
e nada o pode tocar:

nem os gritos longínquos da noite palpitante,
nem um assobio sibilante na avenida
de alguém que pela noite e pela avenida passa,
nem o barulho deste comboio que estremece minha aldeia,
nem o ladrar dos cães à noite inteira.

Existe uma hora
em que ele é invulnerável como os Deuses
e nada o pode tocar:

nem a lembrança de sua fadiga
sob o sol incessante,
seu desejo insatisfeito,
sua alegria inusitada.
Nem a cantiga da mulher numa tarde
em que o céu era azul autêntico,
nem o amor que rodeou tudo,
e que foi sincero, e foi justo.

Existe uma hora
em que ele é invulnerável como os Deuses
e nada o pode tocar:

nem a justiça, nem a injustiça dos homens,
nem a verdade, posto que nunca sabida,
nem a sensação do amor em chamas,
nem a água fresca na garganta da sede,
nem a incerteza de um caminho certo,
nem a certeza de um caminho incerto
e nem o sabor delicioso da maçã.

Existe uma hora
em que ele é invulnerável como os Deuses
e nada o pode tocar:

nem o sol que desponta no leste,
nem os ensolarados nordestes,
nem o verde que te quero verde,
verde sol, verdes nuvens,
verdes ramos das palmeiras
onde canta o sabiá.

Existe uma hora
em que ele é invulnerável como os Deuses
e nada o pode tocar:

nem que Fênix renasça na manhã azul
e na manhã fresca, nem que ao sol do meio-dia
Fênix renasça das cinzas,
arrebente o ovo, abra suas asas renascidas
sobre o grande mundo,
num voo infinito.

A MÁQUINA DO TEMPO

TÉDIO

Tânia Jorge

Sinto vômitos de tédio.

Pressão...

Na cozinha barulho de crianças.
Na rua um homem blasfema
e uma criança pede esmolas.
Outras batem em latas.
E o barulho contínuo e longínquo das latas...

E eu mole à mesa
com ânsia de vomitar tédio.

A MÁQUINA DO TEMPO

1.

A máquina do tempo me gerou
simples e nu.
Trago ainda comigo
os olhos esgazeados de ontem.
Da fúria da máquina do tempo
colhi a flor,
colhi o grito imaturo,
colhi a alucinação dos loucos
e o som das guerras.
Minha comédia é ter nascido hoje
e continuar amanhã.

2.

Nasci velho como a noite
e de meu berço
ultrapasso a morte.
Sou a beleza e o horror,
meu rosto é gasto,
mas resiste à fúria dos ventos
perdidos no espaço.
Eu sou a lágrima e o sonho
na máquina do tempo.
Eu sou o manso, o grave,
o alucinado,
mas sou a lágrima e o sonho
na máquina do tempo.

3.

Trago em mim
a elaboração dos vegetais,
das areias e das brisas
perdidas no espaço.
Mas sou a lágrima e o sonho
na máquina do tempo.
Nasci velho como a noite
e de meu berço
ultrapasso a morte.

4.

Na máquina do tempo
ele vem raptar as criancinhas.
Minha humanidade é o amor,
mas mesmo assim é uma farsa:
do que ontem elaborou-se em flor
resta a estranha forma de silêncio.

5.

Fui irmão da loucura
que rege os cosmos.
Não amei a perfeição,
porque sou pequeno
para tão grande amor.

6.

Eu fui o visionário
na máquina do tempo:
eu vi o canto da ferrugem,
a magia do pó.
Eu vi o arrastar obscuro das correntes
e a janela do tempo perdido.
Eu vi a claridade do dia
e o sol do tempo engravidar os frutos.
Eu vi a infecção da noite
aberta em flor.
E eu vi a voz do amor
que anima os seres inanimados.

7.

No dia claro
eu amei o sopro dos homens
ilhados.
Na noite vasta
eu amei a vida nos seios das amantes
ilhadas,
para não amar a morte
com o mesmo ardor que amei a vida.

8.

Na máquina do tempo
eu sou o estrangeiro
de mãos nuas e corpo despido,
sem pátria e sem nome,

e espero apenas
para partir.

9.

Nasci velho como a noite
e de meu berço
ultrapasso a morte.

Portanto, não perguntes por mim
tenho o teu mesmo itinerário:
serei forma imprecisa
nas montanhas,
um pouco da árvore
na colina.

Estarei nos desertos,
nas minas dinamitadas,
no ferver dos metais.

Estarei na ponte caída,
nos fios de telégrafo
que levam tua mensagem.

Estarei na flor que voltou,
no sal de tua lágrima,
na brancura de teu leito.

Portanto, não perguntes por mim
tenho o teu mesmo itinerário:

nasci velho como a noite
e de meu berço
ultrapasso a morte.

CANÇÃO DO HOMEM E A MORTE

Francisco Amêndola

Quando o povo contou a notícia de tua morte,
não pude ficar triste:
pois brilhava no céu um sol tão real,
que achei esquisita a tua morte,
assim como eu acho esquisitas todas as mortes.
Somente à tarde,
quando a cidade agigantava-se em estranha festa,
anunciando teus anos hierarquizados,
é que pude sentir uma angústia maior
numa tarde qualquer:
e nenhuma lágrima rolou de meus olhos,
e achei inútil o pranto de tua esposa
e de teus parentes e irmãos sensibilizados:
pois a lágrima é pequena, ínfima e ridícula
diante do espetáculo.

E uma grande tristeza passou pela cidade,
mas nem por isso os bares se fecharam:
continuaram com seus bêbados,
com os donos atrás dos balcões
à espera de um possível progresso,
e com as mulheres que buscam leite
e o pão de cada dia para a saúde dos filhos,
às vezes famintos.

Esquisita também em tua morte
é a tua posição num caixão de primeira classe,
assim como é esquisita a posição de todos os homens
em caixões de todas as classes.
Esquisitas também são todas estas pessoas ao teu redor,
te lamentando e dizendo que a vida é uma simples brevidade
e um piscar de olhos.
Mas, num instante, ninguém acredita em tua morte,
pois foi tão rápida que nos pegou de surpresa,
e alguns chegam a rir indiferentes,
olhando a paisagem,
e alguns mais medrosos temem a ideia da morte.

Esquisito é que não verás mais o sol,
através de teus óculos.
Esquisito é que não verás as últimas notícias
do jornal que fundaste com o suor de teu rosto.
Esquisito que não poderás fazer discursos
nem mais projetos: pois estás completamente morto,
morto, morto, morto, morto, morto, morto,
mas de ti ficou um pouco nas páginas de jornais,
um pouco de ti em teus irmãos e em teus amigos
e na memória de tua esposa,
um pouco de ti no amor e no ódio dos políticos irmãos
e um pouco no muito que fizeste.

E agora, no cemitério,
em que a multidão ansiosa te espera
como que para um estranho comício,
e a multidão faminta trepa nos túmulos,
derruba as cruzes, se ajunta e se massacra,
e todos querem te ver com curiosidade estranha,
como que se tu fosses o ator
neste palco indiferente onde todos trabalham:
muitos falam da morte como uma deusa temível
e outros falam da vida alheia
e muitos olham para as pernas das mulheres.
Mas de um modo ou de outro esta sublime hierarquia
veio te ver principalmente porque foste um homem
bom e simples, simples e bom,
e muitos te trouxeram belas flores inúteis:
e tudo faz parte do espetáculo.

Pronto: acabou-se. Anoiteceu.
E a tristeza da noite é igual
à de uma noite passada e futura,
talvez um pouco mais noite depois de tua morte.
Mas no céu são as mesmas estrelas incompreensíveis
e no coração o mesmo amor futuro
que só agora meus olhos choram:
e com os olhos cheios de lágrimas
e em revolta contra o grito e o salto da besta,
eu gargalho e escarro nos anjos, na angústia e na morte,
e grito pelas ruas,

e faço um brinde à vida presente.

AMÉRICA

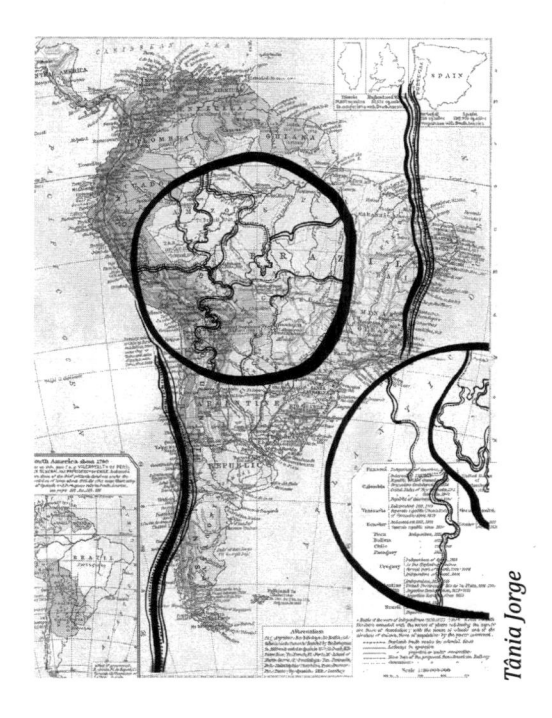

América, minha pequena namorada
de ventre violentado,
minha amante milenar
que caiu nos braços de todos
que amaram sua riqueza,
sem nada pedir em troca.

Eu vejo você em cada operário que volta,
eu vejo você em seu sorriso triste,
eu vejo você em seu colo brincado
de meninos trágicos, América, meu amor.

GRAVIDEZ

Estou grávido dessas músicas pobres que me iludem desde a
[infância,
estou grávido dos meninos tristes de minha pátria,
estou grávido de gritar nu pelas ruas a canção do amor.

Estou grávido do rio que corre sem saber que corre,
estou grávido deste entardecer, desta estrela no céu azul,
autêntico, vazio.
Estou grávido de gritar nu pelas ruas a canção do amor.

Estou grávido do amor que amo e que só sei que amo,
estou grávido de crianças com os cabelos ao vento,
estou grávido do vento nos cabelos das crianças,
estou grávido das crianças, de seus cabelos e do vento
que venta na tarde de ventania.

Estou grávido de gritar nu pelas ruas a canção do amor.

QUATRO FACES

Um dia acreditei na bondade humana.
A carne todavia era pouca
e todos tinham fome.

Tenho ternura pelas prostitutas,
pelas mulheres grávidas
e pelas criancinhas
que despertam minhas lágrimas,
quando amanheço.

Um dia,
fui até aos estábulos de meu pai
e dormi com os animais selvagens
minha solidão.

Dançarinas de ventre,
habitai meu sono!

MÃE DA GENTE

Mãe da gente gerada no tempo,
trágica criança perdida no espaço,
entre a essência do vegetal e o ferver dos metais,
pois estamos perdidos no espaço.

Mãe da gente gerada no tempo,
trágica criança alimentada
pelo alimento da terra nascida
na noite sem termo.

Mãe da gente gerada no tempo,
trágica criança que teve fome
e sede e gestos após o grito
liberto da janela sem som.

Mãe da gente gerada no tempo,
trágica criança de ventre milenar
gerador de alegres e malditos
para as noites e as manhãs de cristal.

Mãe da gente gerada no tempo,
trágica criança nascida para o amor
na arquitetura da lágrima e do sonho,
pois nascemos para o amor.

Mãe da gente gerada no tempo,
trágica criança que do gozo, da dor
e do espasmo, amamentou em seus seios
a humanidade enfraquecida.

Mãe da gente gerada no tempo,
trágica criança, minha irmã remota
que colheu frutos apodrecidos
na terra em transe.

Mãe da gente gerada no tempo,
trágica criança, minha irmã remota
que assentou em seus joelhos
os meninos ilhados.

Mãe da gente gerada no tempo,
trágica criança de formas estranhas:
eu a vejo nas partículas das montanhas,
dos rios, da água, do alimento, do fogo.

Mãe da gente gerada no tempo,
trágica criança que na lágrima e no sonho
e que por tão longo amor, guarda
na carne a manhã que virá.

PASTOR DE NUVENS

PASTOR DE NUVENS

O mar é profundo,
bem no fundo
fica o mar
profundo.

O céu é largo,
azul,
bem no alto fica
o céu azul e largo.

Meu Deus, por que me chamaste
para pastorear ovelhas
e crianças,
se me fizeste essencialmente
pastor de nuvens?

A mata é verde
que te quero verde,
é bem verde
a mata verde.

A casa é grande
e tem até piscina.

Meu Deus, por que me deste
uma casa com palmeiras,
se sabias que minha casa
não tem endereço
na estrada comprida?

Ah! Pastor de nuvens é meu nome.
Nada mais!

POEMA EXPERIMENTAL

No início eram as águas.
Meu amor nem pensou em mim.
No início eram as águas.
A tarde está bela e o pássaro pia.
No início eram as águas.
Sofro, sofro de beleza.
No início eram as águas.
A luz do sol ilumina a piscina.

No início eram as águas.
Preciso ir ao supermercado.
No início eram as águas.
Sofro mesmo de beleza.
No início eram as águas.
O ventilador está ligado no teto.
No início eram as águas.
A empregada lava o quintal.
No início eram as águas.
Meu amor está se fazendo bonita.

No início eram as águas.
Que sol quente! Que beleza!
No início eram as águas.
Mudam-se governos, mas viva a poesia.
No início eram as águas.
As plantas verdes estão caladas.
No início eram as águas.
Um automóvel passa na rua.

No início eram as águas.
Em algum lugar um cão late.
No início eram as águas.

Em algum lugar um cão late.
No início eram as águas.
Um automóvel passa na rua.
No início eram as águas.
As plantas verdes estão caladas.
No início eram as águas.
Mudam-se governos, mas viva a poesia.
No início eram as águas.
Que sol quente! Que beleza!
No início eram as águas.

Meu amor está se fazendo bonita.
No início eram as águas.
A empregada lava o quintal.
No início eram as águas.
O ventilador está ligado no teto.
No início eram as águas.
Sofro mesmo de beleza.
No início eram as águas.
Preciso ir ao supermercado.
No início eram as águas.
A luz do sol ilumina a piscina.
No início eram as águas.
Sofro, sofro de beleza.
No início eram as águas.
A tarde está bela e o pássaro pia.
No início eram as águas.
Meu amor nem pensou em mim.
No início eram as águas.

OS CAVALOS AZUIS

Os cavalos azuis
existiam apenas na minha infância.
E existiam os cães verdes,
as borboletas amarelas
e os cavalos azuis.

Depois cresci,
fiquei moço.
E os cavalos azuis
existiam apenas
no azul de minha mocidade.
E existiam os cães verdes,
as borboletas amarelas
e os cavalos azuis.

Agora, na idade madura,
existem apenas
os cavalos azuis
e existem os cães verdes,
as borboletas amarelas
e os cavalos azuis.

DEZ MINUTOS

Ao poeta Antonio Carlos Secchin

Por que o pássaro é uma palavra
piando lá fora
em cima dos muros pintados?
Mas o que uma palavra
tem a ver com um pássaro?
O pássaro tem vida própria
e seu piado em cima dos muros
é alguma coisa que a palavra
não saberá descrever.
A palavra é um símbolo
e o pássaro verdadeiro?
Ou a palavra é verdadeira
e o símbolo é o pássaro que pia?

Mas pia o pássaro por sobre os muros pintados,
mas pia o pássaro sob o sol quente,
mas pia o pássaro no quintal.

E a palavra voa
na tentativa inútil
de pegar o pássaro.

POEMA DO MAR EXCLAMATIVO

Ah!
Quero o mar
e sua espuma
a tremer na areia!

Ah!
Quero a espuma
a tremer no mar
na areia!

Ah!
Quero a areia
a tremer no mar
na espuma!

Ah!
Tremer a espuma
na areia
do mar!

Ah!

PROCURA DA POESIA

A tarde um pouco fria está cheia de pássaros.
Um silvo de um pássaro vara minha janela.
Um cachorro ladra forte no quintal da vizinha.
O poema que ainda não escrevi está guardado
nesta tarde um pouco fria de setembro.

O cachorro da vizinha ainda ladra, perto.
E não consigo encontrar o poema que está guardado
no ventre desta tarde um pouco fria de setembro.

Não consigo encontrar o poema que procuro.

ENTARDECER

A tarde entardece
com o piar dos pássaros,
com o pôr do sol vermelho,
com as palmeiras ao vento,
no jardim da casa,
e com o latido de um cão.

Sem nenhum mistério
a tarde entardece.
Na copa e cozinha,
a Débora prepara alcachofra
de receita saborosa.
O Toninho balbucia alto
palavras incompreensíveis
de criança pequena.

Minha sogra, o Renato e a Núbia
comem lanche, com pão, queijo e mortadela.
A Joana e Maria,
empregadas domésticas,
parecem gente da família.

E todos entardecem
com a tarde que vai caindo
lá fora sobre a cidade
e aqui dentro da casa.

VAZIO

Estou vazio.
Cheio de pensamentos.
Mas estou vazio de ventos, de luas, de noite.

Vazio.
Poderia dizer do céu azul, na tarde
depois da chuva,
depois do arco-íris...
Vazio.

Estou vazio de poesia.
De poesia para ser reinventada.
Muito vazio.
Vazio até de teu amor, amada, que é imenso
e quente, e agora.

Mas estou vazio.
E é noite. Rondando o céu sem estrelas,
é noite, vazia.

Estou cheio de coisas. Mas vazio.
Vazio como deveria estar sempre a alma
translúcida, límpida, vazia.

Vem brincar,
porque estou vazio, meu amor.

SALVE ELIZABETH BROWNING

Tânia Jorge

Sempre procurei o amor pelo amor somente.
Mas a amada mal-amada desgramada quer comer meus olhos.
Que faço eu? Sem meus olhos eu não vivo.
Mas a danada quer comer meus olhos.
Chupar meus olhos até a última gota do dia.

Ah! É por isso que quero o sol
quero os horizontes lá longe
ah, eu quero o mar
que grita como doido em meus ouvidos,
batendo espuma na pedra.

Ah! Como está triste este
lobo inútil, sem presa do seu lado.
É inútil o meu uivo que penetra as montanhas geladas.

Ó mulher desgrenhada! Gostas de mim
ou de minhas mãos? Ou da comida que ponho
em nossa mesa, com peixe, arroz, feijão,
salada de alface e tomates maduros?

O lobo já não come carne humana, Lenora,
virou lobo de quintal, de coleira,
e sua função hoje é ser funcionário público
e pagador das contas da família.

Onde estás agora,
Elizabeth Browning,
nesse momento que te chamo
para o arco-íris, para o parque de brinquedos?

O REENCONTRO COM ELIZABETH BROWNING

Quando toquei de novo as mãos
de Elizabeth Browning,
o mundo tremeu
e o sol iluminou novamente
os caminhos
ensolarados.

Viva Elizabeth Browning!

O lobo já não uiva sozinho
sem presa de seu lado.
E já não é inútil o uivo que penetra
as montanhas geladas.

Elizabeth Browning,
não largue minha mão
que te levarei sempre
para o arco-íris,
para o parque de brinquedos.

CANTO

Na noite escura vou cantar!
Não importa se o silêncio é denso, se o silêncio é bruma!
Quero cantar! Porque meu canto sai de minha garganta
que tem sede de cantar! Ou é a alma que canta,
na noite escura, na névoa densa, no barulho
indescritível da noite
minha alma canta!

E a força do canto não me pertence
é a força que vem do canto que canta
somente por cantar!
E o vento que imagino e sopra lá fora
eu canto, o vento lá fora que sopra
e sopra a luz do firmamento,
por isso canto o firmamento
com suas estrelas efêmeras! Mas canto
mesmo que meu canto canta
mesmo que meu canto seja um menino
eu canto! Canto, porque igual ao vento

meu destino é cantar sobre a noite,
sobre a longa noite do deserto,
sobre a longa noite da cidade
canto! No oásis busco o dia ensolarado
e canto! E canto o amor que ama o amor somente
e canto! E se o canto é sangue que alimenta
de nada mais preciso! Apenas canto!
E canto! E canto! E canto!

MADRUGADA

De repente existem coisas que não compreendemos
e pairam no ar mistérios.
Coisas que não compreendemos existem
de repente e mistérios pairam no ar.
Pairam no ar coisas que não existem
e de repente existem mistérios
que não compreendemos.
Não compreendemos mistérios que pairam no ar
e de repente existem coisas.
Ah! Tantas coisas que pairam no ar
que dançam no ar mistérios,
de repente existem coisas que não compreendemos
e tantas coisas que dançam
(tantas coisas!)
e nem sempre são nossas!

INÚTIL

Tem um dia
você estará sozinho
na solidão do universo.

Inútil gritar.
Inútil chamar a mulher amada
que está dormindo.

Inútil os amigos.
Inútil os inimigos.
Você está só
na solidão do universo.

O universo grita
para a eterna inutilidade.
Inútil é gritar para os anjos.
Os anjos estão dormindo
na madrugada.

Inútil é o universo.
Inútil é o grito do universo.
Inútil é a pequenez do universo.

Você está sozinho.
Tem um dia o universo
está sozinho.
E o poeta não dorme
na noite.

E tudo é inútil.

Só não é inútil
a alegria que o poeta procura
na noite.
Na noite.

A solidão rasga o ventre
da noite.
Inútil.
Do universo inútil.

O poeta é imenso
no universo pequeno.
Inútil.

E o poeta não dorme.

CÃO MISERÁVEL, POR QUE LATES NA NOITE?

Cão miserável, por que lates na noite?
Desde quando tua miserável carcaça
infundirá teu terror de teus latidos
em quem dorme na noite?

Cão do diabo. Ouço na noite teu latido
 inútil, bem inútil, porque nenhum bandido
tem medo de teu urro, au au rouco
na noite cansada...

O ANJO E O CÍRCULO

O anjo está no centro do círculo
o círculo é o círculo circunferência
fora do círculo nada existe
pois até o universo está no centro do círculo
que é dourado, poderoso, por isso
não temo a morte e nem a desventura
pois no círculo que é dourado e poderoso
com Deus eu me guardei
no círculo dourado onde o universo
informa que é eterno, por isso milhões de anos
nada é para aquele que tem a proteção do círculo

que é dourado e poderoso
pois no círculo eu me guardei
e deito-me à direita de Deus
que toca meus cabelos com suas mãos enormes
como quem toca os cabelos de um menino
que está dentro do círculo
e dentro de Deus que é dourado como estrelas
e frio como o vento da madrugada
que passa pela janela de meu escritório
onde escrevo que o círculo é dourado
como as lendas de nossas avós
como as tardes do Brasil
que já foi mais belo mas ainda é anil
dentro do círculo que me guarda
dourado e poderoso, sem limites e sem fim.

Estou no círculo.
Dourado.
Poderoso.
Cercado por Deus.
E Deus me guarda
de todos os horrores
e de toda beleza.

O círculo
dourado
e dentro o animal
iluminado.

OITO DIAS

No primeiro dia
ele criou o mar
cheio de peixes.

No segundo dia
ele criou o sonho
e criou o sol.

No terceiro dia
ele abriu sua boca enorme
e criou o vento.

No quarto dia
ele criou a terra,
as árvores e os pássaros.

No quinto dia
ele criou o resto
das estrelas.

No sexto dia
ele inventou o segredo
de seu nome.

No sétimo dia
ele inventou
o infinito.

E no oitavo dia
ele ficou de saco cheio
e foi tomar sol na praia.

BARCO

Minha vida foi sempre um barco
levado pelos ventos,
neste mar ora calmo,
ora encapelado.

Quem o comandante do barco
que ora no mar calmo
que ora no mar revolto
navega?

Sempre tentei e quis
comandar este barco
que ora no mar calmo
que ora no mar revolto
navega.

Mas serei eu o comandante
deste barco que ora no mar calmo
navega em busca do arco-íris?
Ou o comandante é o outro
que na onda encapelada espreita?

A OBRA É IMENSA E O MAR É BREVE

Ao poeta Elias José

A obra é imensa e o mar é breve.
Assim vamos catando palavras,
madrugadas de galos
cantando nos quintais
das roças,
onde sempre perto de algumas pedras
correm bicas
de águas limpinhas.

LAVRA PALAVRA

Ao poeta Mário Chamie

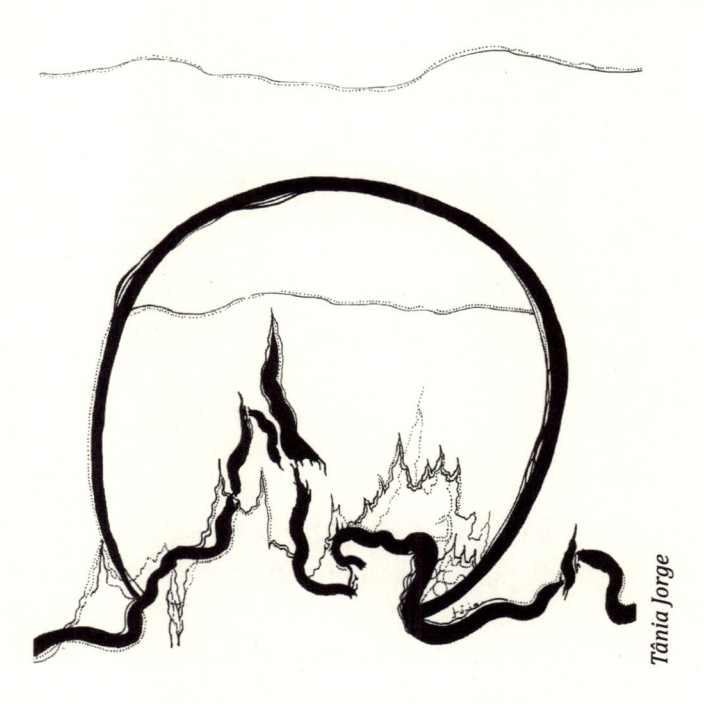

Não quero lavrar a palavra
se a lavra da palavra
não vier com o cheiro
do sangue da terra.

Não quero lavrar a palavra
somente pela palavra
Se a lavra da palavra
não trouxer o sol
e a esperança do sol.

A lavra da palavra
não pode cair no vazio
da cisterna sem água.

Nem da boca sem sede.

Aceito somente a lavra da palavra
se a palavra vier com o sol
se a palavra vier com o cheiro
da terra vermelha que se ara
na lâmina do arado,

aceito esta lavra palavra
somente se houver a esperança
do sol
sobre o cheiro e sobre o sangue
da terra.

Não, não quero a lavra
da palavra somente pela palavra.

Quero a lavra da palavra
somente quando trago
na lavra da palavra

o sol

no cio

sobre a cisterna
cheia de água.

SEMPRE, OS CAVALOS

Ao poeta Álvaro Alves de Faria

Pegamos nossos cavalos e partimos a galope
rumo ao azul
rumo ao sol do meio-dia.

Pegamos
os cavalos azuis,
brancos, baios,
castanhos, branco-e-preto,
e galopamos rumo ao infinito,
nesta tarde
que não é nada

se não tivermos os olhos
para olhar.

Pegamos nossos cavalos
e galopamos
até ao suor
até às lágrimas,

apenas para dizer
que os cavalos são belos
ao luar.

Os cavalos! Os cavalos!

Eia! A galope!
Galopamos nossos cavalos de luas
cavalos de dura poesia
e do sol do meio-dia!

Pela noite,
pelo dia!

Ah! A galope! A galope!
Ao vento! Ao vento!

Ah, os cavalos são belos
no galope
ao luar
do meio-dia.

E doces
são nossos olhos.

RÉQUIEM PARA JOSÉ SARAMAGO

José Saramago viveu e disseram (os mais maldosos)
que viveu negando o Deus da Humanidade.
No entanto até hoje não souberam explicar
para José Saramago nem a mim
o nome de Deus verdadeiro
pois Deus se confunde com a água, o rio e a ponte
e se confunde com a eternidade e com a flor
e se confunde até com o Diabo, que dizem ser o menino mau,
o menino Jesus que fica do outro lado.

José Saramago morreu numa bela ilha
e como os heróis foi despedaçado,
e virou cinzas porque ele mesmo queria ser cinzas
depois de sua morte. Colocaram suas cinzas
no alto de um morro de ventos uivantes
que foram levadas pelos ventos uivantes
suas cinzas esparramadas
que os ventos uivantes levaram para as águas do rio,
por sobre a ponte
e por sobre os caminhos,
onde Deus já pisou com seus pés humanos.

DOS CAVALOS DE FOGO E DA MAÇÃ SANGRENTA

A Renato Batista Ventura, meu filho

Só soube te dizer da dura poesia
no cavalgar dos cavalos de fogo
com olhos de fogo.

Come docemente a maçã
sangrenta e vermelha e vermelha
e sangrenta da vida.
Desde a origem da vida
do ovo branco e do pássaro sem cor.

Mas pássaro qual Fênix
das cinzas renasce.

Come docemente a maçã
sangrenta e vermelha e vermelha
e sangrenta da vida
que é tua.
Come, criança, inocente como o dia
é inocente
sem culpa de ser dia.
Ou noite sem culpa de ser noite
igual a todas as noites
desde a origem do ovo
e do pássaro.

Desde a origem da vida
e do ovo
dei-te a vida
que não é minha
mas tão tua
como verdade de pássaro e ovo.
Come docemente a maçã
sangrenta e vermelha e vermelha
e sangrenta da vida.

No cavalgar dos cavalos de fogo.

PARA ENFRENTAR O BARQUEIRO

A Nubia Regina Ventura, minha filha

Gostaria de escrever o poema mais belo
para enfrentar o barqueiro.
Mas te digo que a primavera
um dia chega
sem pressa

sem remorsos

como as flores
que guardam as sementes

e as maçãs
para o dia certo

de florir.

NÃO ACORDEM O MENINO

A Antonio Perucello Ventura, meu filho

Por favor, não acordem o menino
que está dormindo
tão quietinho.

O menino que chegou
devagarzinho
e cresce com o vento

em seu barquinho
de eternidade.

A PRAIA INACESSÍVEL

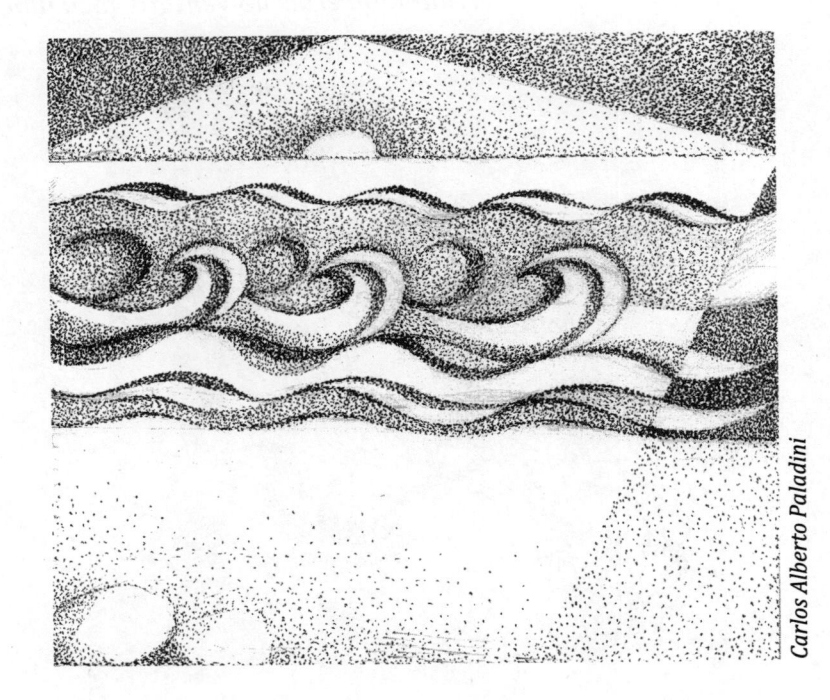

Carlos Alberto Paladini

A praia é quase inacessível.
Não impossível.
Eu quero ir pro mar, lá longe
e morar na praia inacessível
com areias brancas de espumas.

Mas é sério. Quero morar na praia
limpa, de sol e de areia branca.
Olá, guardador de rebanhos,
onde fica mesmo o mar
de areias brancas?

Ah, estou ilhado nesta ilha
que não é a ilha de areia branca.
Não, não é. Nesta ilha onde estou
todo voo tem limite,
e o limite é uma gaiola
de pássaros regionais
que cantam num quintal do nada.

Não, não, eu quero é a praia inacessível,
sem gaiolas, sem limites,
sem pássaros regionais,
eu quero a praia inacessível,
possivelmente tocável,
de areias brancas como o ar.

ORTOGRAFIA

Para Amini Boainain Hauy

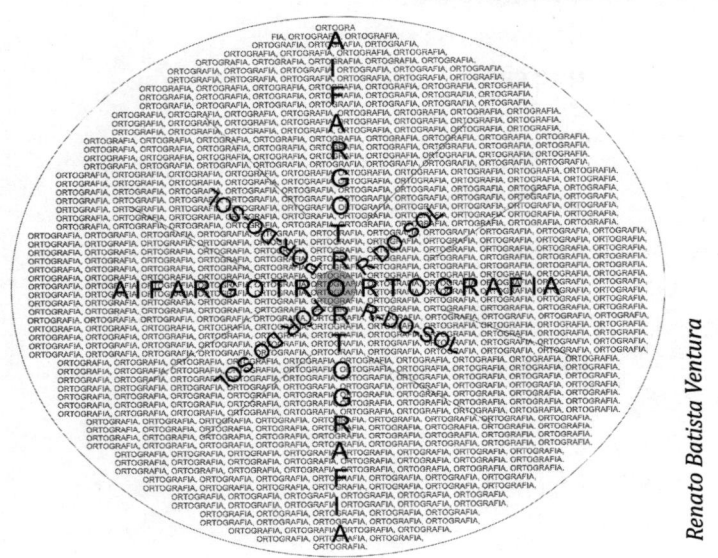

Um dia conheci o pôr-do-sol com hífen.

Mas o VOLP tirou o hífen de meu pôr-do-sol anunciando a nova ortografia.

Mas nem por isso deixo de me sentar
sobre as pedras para olhar

o novo pôr do sol

todo rubro, ao cair da tarde,
sobre o grande mar,

igual antigamente.

BALADA DO REI E O MENINO

Tânia Jorge

As noites do rei estão repletas de mortos
em valas fundas e coletivas
no negro frio da noite, da floresta.

Eu não, eu pássaro, eu menino.

Os dias do rei são de espertezas, traições,
ciladas, facas traiçoeiras, de repente.
O sangue ao sabor de simples vento.
O sangue do homem vampiro
escorrendo do pescoço da vítima desavisada.

Eu não, eu pássaro, eu menino.

Nas noites do rei não só o horror da morte
mas da carnificina, povoa seus sonhos,
sua consciência e não encontra vento
nem ar, na densa floresta de abutres.

Eu não, eu pássaro, eu menino.

Mas o rei dorme feliz, porque ele é o rei,
é a faca que sangra, o tiro certeiro
na pureza de Maria, no seio de Maria,
e nos filhos sem pais e sem Maria.

Eu não, eu pássaro, eu menino.

Deixe que o rei manche de sangue sua espada
mate as criancinhas e as crianças e os meninos.
Usurpe da coroa nem de prata mas de lata.
Deixe que o rei deite em leito com seus fantasmas
deixe que o rei durma com seus mortos,
pois morto, morto, um dia será o rei posto.

Eu não, eu pássaro, eu menino.

AUTORIA

Carlos Alberto Paladini

Não penses em assinar o poema
pois existe o doce lago e o branco cisne
desliza no doce e azul lago,
independente de tua vontade e de tua pena.

Não penses em assinar o poema
porque o poema não te pertence
nem te pertencem o doce lago e o branco cisne
que sobre o azul do lago desliza o branco cisne.

Não penses em assinar o poema
não te pertence o lago azul
onde o branco cisne desliza.

Não, não penses em assinar o poema
escrito pela mão invisível de alguém que um dia
inventou o doce lago, a água azul, o branco cisne.

POEMAS PARA A AMADA

Para Débora Soares Perucello Ventura

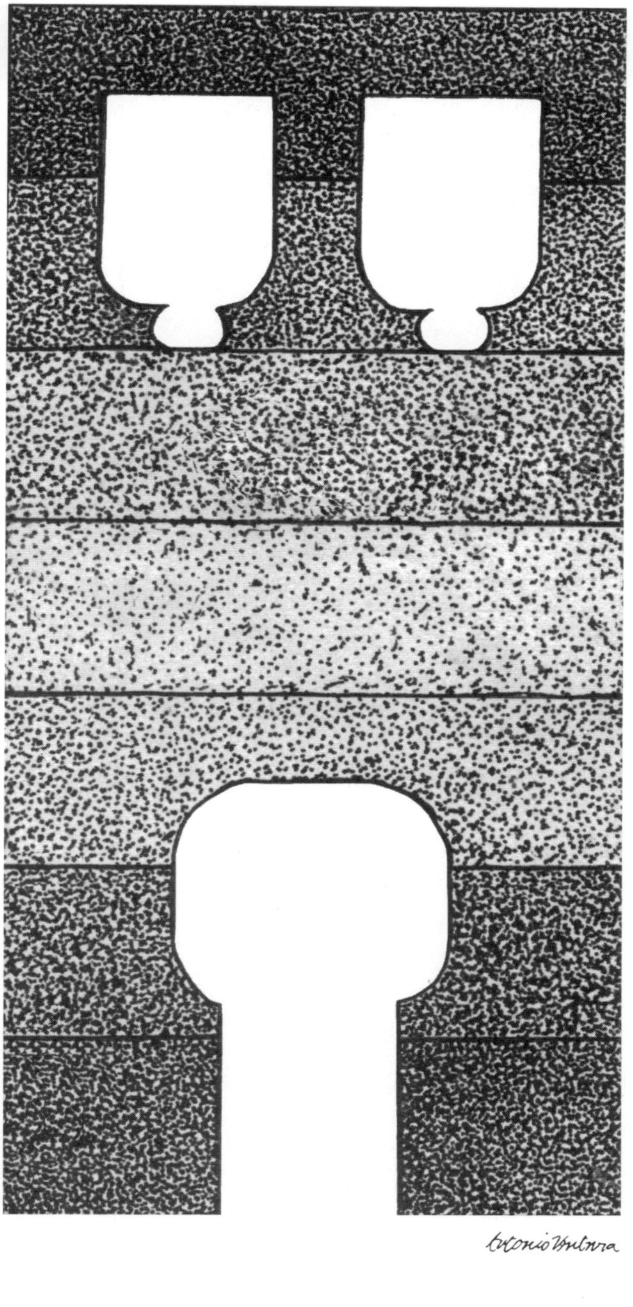

O RAPTO DE HELENA

Logo raptarei Helena de Troia
num cavalo negro e branco
de crinas ao vento
e sanguíneo, de pura raça.

Cuidai, Helena! Tomai vossos banhos de leite,
penteai vossos longos cabelos,
perfumai-vos com os mais belos unguentos,
deixai a mesa cheia de alimentos e frutas,
e não vos esqueçais de arrumar e trocar
os lençóis da cama
com o mais puro linho,
que eu não tardo.

AMADA

Ó amada!
quero tua boca, fruto fresco
da manhã, para matar minha sede.
Ó amada, quero teus cabelos
para fazer minha morada e minha teia!

Ó amada!
Quero teus braços longos para a carícia
de que careço. Quero tua nuca
para nela dançar com meus lábios e língua
a canção do amor!

Ó amada!
quero teus seios, teu ventre, tuas ancas
dançarinas, teu misterioso umbigo,
tuas coxas opulentas para nelas depositar
a saliva de meus lábios!

Ó amada!
Quero tuas nádegas, para contemplar
o mistério da criação! E quero
teu sexo úmido e quente, onde depositarei
o feto do amanhã!

Ó amada!
quero teu corpo todo, sorrindo
como teus olhos, holofotes da vida

clareando a escuridão
das crianças ilhadas!

Ó amada!
Depois do orgasmo humano,
quero tua alma, teu espírito iluminado
para lançar no mundo a semente
da eternidade.

CORPO

Teu corpo
corpo
terra fértil
cheirosa terra
perfume
cheiro
pescoço
em minha boca.

E sobre teu corpo me deito
e sobre teu corpo
ruflo minhas asas.

Ah! Boca como mel
tua boca
abelha
rainha
tua boca
é como o mel
da doce rainha.

E sobre teu corpo me deito
e sobre teu corpo
ruflo minhas asas.

Teu corpo
corpo
solo fértil
teu corpo
deitado
no leito
é leite
é fruto
que alivia.

E sobre teu corpo me deito
e sobre teu corpo
ruflo minhas asas.

Teu sorriso
tua risada
de fêmea
incendeia
minha alma
que se deita
em teu jardim
em teu corpo
teu corpo.

E sobre teu corpo me deito
e sobre teu corpo
ruflo minhas asas.

LOBO LOBA

Te amo quando amanhece o dia
e não te vejo ao meu lado
com teu hálito quente,
teu sexo úmido e seios
palpitantes.

Terrível é o uivo do lobo
chamando a companheira.

Te amo quando, ao cair da tarde,
o vento brinca com as folhas verdes
das árvores verdes,
e as últimas nuvens brancas
se desfazem
com o cair da noite.

Terrível é o uivo do lobo
chamando a companheira.

Te amo quando, na noite
enfeitiçada, busco tua boca
e o néctar de teu corpo.
Porque na noite alta
de lua enluarada
te busco inteira
qual lobo insaciável.

Terrível é o uivo do lobo
chamando a companheira.

CHUPAR COM CASCA E CAROÇO

As jabuticabas são doces,
dá vontade de chupar
a casca e o caroço.
Ó morena do mar,
que parece jabuticaba
tu, que és minha amada
eu quero te chupar
e mastigar casca e caroço.
É isso aí, seu moço.
Quem ama, chupa
com gosto, seu moço,
com gosto, com gosto,
com casca e caroço.

ENTÃO, MEU AMOR, O MILAGRE

Então, meu amor, o milagre
pode acontecer a qualquer hora.
Sei que não acreditas em milagres,
mas te garanto que logo ao nascer do dia
te mostrarei o primeiro milagre.

Milagres de milagres acontecerão
bem antes que teu olhar
olhe para as águas da piscina.

Por isso é que quero te falar
das coisas que aprendi nos livros.

Ah, meu grande amor,
se eu tivesse as palavras mais certas
te contaria do milagre

que pulsa

coração pulsa

vermelho

na noite azul

cheia de estrelinhas amarelas.

Ah, meu grande amor!

NÃO TE PREOCUPES COM O VENTO

Boa noite, amor.
Não te preocupes com o vento,
pois o vento só entende

as coisas do vento.

E o dia logo vem,
te prometo,
mesmo que minha voz
fique rouca

de tanto dizer
que te amo.

QUERO ENCONTRAR A MAGIA DA PALAVRA

Quero encontrar a magia da palavra
sem magia,
da palavra escandalosa, dizer que meter
com você é a coisa mais gostosa,
desde a época em que inventaram o espelho
e você era a minha égua amada
e cavalgávamos pelo nada da campina
à procura dos búfalos desaparecidos,

no caminho infindável do vento.

NA MADRUGADA, PARA DÉBORA

Hoje, dia 11 de junho de 2009, 03h21min. Doze dias
se passaram, e eu corri no vento, meu amor,
para nada eu corri ao vento, no vento da tarde porque
logo após eu veria a primeira estrela no céu

azul cheio de nuvens que foram indo embora com o cair
da noite. Sim, meu amor, sei que a
doação de teu amor seguro nas conchas de minhas
mãos, tão docemente, tão furiosamente como

queria que fosse o amor profundo e forte,
principalmente forte, porque nada pode ser profundo
sem antes não ser forte. É isto aí, meu amor, é isto aí,
ouve palavras de minha boca que sempre

pronunciou teu nome no vento da tarde, quando a
primeira estrela apontou no céu ainda azul.
Este mendigo que um dia pensou que fosse príncipe,
que pelo menos sonhou que era príncipe

quando recebia de ti a doação de teu amor, que eu
recebia em minhas mãos feito concha. Príncipe
das cavalgadas com minha égua alada, idolatrada,
nas campinas à procura dos búfalos

desaparecidos, e com o desaparecimento dos búfalos
vieram os cavalos de fogo e ferro,
fumegando na planície devastada. Ah, meu amor, recebe
minhas mãos em concha, assim como

recebo teu generoso amor, e deixa que o vento vente
pelas esquinas do mundo, vente na tarde,
vente nas praias ensolaradas que só nós
sabemos, deixa, amor, que o vento vente.

O resto não tem importância.

À BEIRA DA POESIA

Francisco Amêndola

AS LAMENTAÇÕES

Estaremos mortos, mas antes cuspiremos no chão e abraçaremos desesperadamente o que vier ao nosso encontro. A origem é um amontoado de fezes, de náusea e de lamentações. Estaremos nus e mortos – massacraremos as flores e roeremos nossos dentes, a beleza, a lágrima. A chuva não cairá sobre nossos corpos indefesos – estaremos guardados pelo segredo e pela música. Nosso corpo e nossa consciência é um câncer cravado no corpo dele. Ele é uma besta feroz – porém mais belo e mais terrível. Ele precisa de mim, porque me ama desesperadamente. Eu o renego assim como renego a miséria e o absurdo – mesmo que eu cuspa em sua face e mije em suas entranhas, sei que numa noite qualquer ele me arrebatará ao abismo – simplesmente porque ele precisa de minha destruição, de meu mijo e de meu cuspe, pois, como uma prostituta triste e sem amor, ele me ama desesperadamente.

Antes, quando chegava a primavera, andávamos descalços pela enxurrada. Hoje já é outono e não se ouve o barulho das crianças trágicas na noite. Mas abriremos todas as portas e todas as janelas para que o sol brilhe no chão batido. Derrubaremos todos os móveis, mergulharemos na terra, entre os campos e as águas. Passaremos noites de vigília e perceberemos o cheiro forte de nossas vestes amassadas. Sentiremos frio e então acariciaremos nosso sexo como quem massacra uma flor. Ele mija sobre mim e eu vomito tudo no banheiro – então eu corro pela avenida, chorando desesperadamente a beleza, chorando as lamentações, os flagelos, chorando a cidade, seus heróis, suas vítimas e suas crianças.

PELOS CAMPOS DE TRIGO

Tânia Jorge

Atrás das pedras existem segredos. Atrás do amor existem coisas. Hoje não darei a gargalhada inútil da besta feroz, eu serei a própria besta feroz. Se eu não morrer hoje de amor, acordarei decepcionado. Hoje entrarei no Nirvana. Eu quero ser menino, quero correr pelos campos de trigo, quero iludir a morte. Eu não quero sentir frio. Eu choraria, porque sou um menino entre a televisão, o tempo e as ruas. Dá-me tua mão, porque tenho frio, dá-me tua mão, porque sou um menino, mas não temas nada, porque te protegerei contra os ventos, contra a beleza e contra o câncer.

MINHA NAMORADA LOUCA OU O MORADOR DO PÂNTANO

Tânia Jorge

Minha namorada é louca. Hoje, na festa, ela trepou em meu dorso e nadamos pelo pântano. Ela ria e dançava desesperadamente, coberta de musgos, pelas campinas sem sol e sem noite. Mas minha namorada é louca. Ela não descobriu que eu sou um menino, porque tenho uma lambreta. Minha namorada é linda mas de sua boca escorre chope e tempo. Hoje, na festa, deitamo-nos no chão molhado para que os presentes passassem por cima. Mas minha namorada é louca. Hoje ela se deitou nua sobre a grama e eu fui beijar o seu corpo branco e lindo, coberto de musgos. Então, nunca vi uma namorada fitar o horizonte com tamanho espanto. Mas minha namorada é louca. Matamos nossa fome com as flores do pântano, depois ela deixou os resíduos nas estrelas de nossas mãos. Mas minha namorada é louca. Ela arrancou meus olhos, para que seu corpo escurecesse. De meus olhos nasceram pântanos que correram para os esgotos do tempo como a beleza e os flagelos. Odiei minha namorada, porque ela é louca, completamente louca. Então, com meu corpo tremendo de amor, com minhas mãos molhadas de ódio e musgos, saio correndo pela avenida, chorando desesperadamente a cidade, seus heróis, suas vítimas e suas crianças.

AINDA HOJE PASSAREI POR CIMA DOS PEIXES

O vento passa pelo meu corpo e agita as folhas da pequena árvore. Estou na América do Sul de frente ao Atlântico. Vem dos canais um cheiro forte de peixes e moluscos e o mar traz a meus pés suas vítimas e seus despojos. Creio que hoje ela não poderá vir ao encontro e que eu não poderei afundar minha cara no sol que habita seu corpo. Aceito o verde que canta no mar porque não sei realmente o que fazer de suas vítimas. Praia Grande: no fim da Avenida. De repente, enfrento o mar mais fundo, porque nele eu vejo a imagem primitiva de meu sonho. Do sonho mais profundo que tenho medo. Mas creio que hoje ela não poderá vir ao encontro. O sol contorna o mundo e nem parece que é a Terra em seu movimento de rotação. Milhares de crianças, mulheres, e homens de todas as espécies, moças, virgens e semi-virgens, povoam os limites da praia, esta terra de ninguém. A tarde continua serena e o mar em seu interminável ofício. Hoje ela voltará para São Paulo e sinto uma dor antecipada de tudo que fomos ontem. Contudo meu coração está sereno. A boca enche-se de areias que a gente mastiga, as crianças crescem seus cabelos. Nus: cairemos na água e no sal. Nus: conheceremos os peixes, os anfíbios, as aves aquáticas e os animais rastejantes que há milhares de anos abordaram as terras. Nus: caminharemos ainda sob este sol estrangeiro. Nus: nos vestiremos de algas marinhas. Nus: mastigaremos nossos dentes, dilaceraremos nossas mãos, nosso corpo. Nus: esperaremos ainda que os peixes saiam das águas. Nus – completamente nus – sairemos desta praia, destas águas, como quem sai de uma catástrofe!

Nunca, mulher alguma me fitou com os olhos cheios de sol, mas creio que hoje ela não poderá vir ao encontro. Mas uma alegria toma conta de minha alma gentil, principalmente porque estou na América do Sul, de frente ao Atlântico. Se ela ainda chegar, faremos amor entre arbustos, entre folhagem úmida, entre lodo e musgos, entre algas, entre catástrofes. Entre o amor maior, entre a origem e entre as maldições, não seremos culpados, simplesmente os mais belos e trágicos, porque ele guarda em seu coração nossos sonhos mais profundos. Por milhares de anos ele invadirá apenas seus limites. Continua a vir dos canais um cheiro forte. O dia assassinado escurece no fim da avenida e num minuto será noite. Não serei eu quem tocará a trombeta do apocalipse. Apenas sei que ainda hoje ela tocará meus ombros e terei a certeza absoluta de que passarei por cima dos peixes.

OUTRORA

Nunca um dia é igual ao outro. Outrora, se bem me lembro, as mangas esparramavam-se pelo chão. Meus pés corriam nas enxurradas. A água de outrora era a mesma de hoje? O mesmo H_2O? E eu? Sou ainda no tempo aquele menino descalço e feliz? Os amigos, onde estão todos? E Mariazinha, meu primeiro amor, onde andará?

Na idade do lobo, meus uivos varam a noite. Um lobo, nem feroz e nem lobo. Apenas um menino antigo e um pouco cansado.

Outrora, também, meus cabelos esvoaçavam ao vento. Meus pés pisavam a areia macia das praias. O mar antigo bramia na areia. E os peixes, há milhares de anos, já habitavam os oceanos. A maresia cheirava a um cheiro de fim de tarde. E na memória a melancolia de todos os sorrisos das mulheres amadas. Amadas, mal-amadas, descabeladas feiticeiras. Dançarinas de ventre que um dia meus olhos fitaram. Que um dia meus sonhos sonharam.

O catador de palavras

A NOITE E O VENTO

A madrugada dança ou é o vento que dança no ventre da noite? Pirilampos são as estrelas que dançam no vento da noite? Ou é o vento que dança? Ou é a ventania ou o clarão que ilumina a noite? Ou é a lua que, pálida, ilumina a noite dos ventos?

Ah! Esta Terra que gira com os ventos que buscam nossos cabelos e os cabelos das crianças antigas! Ah! Eu quero o dia que vem depois da noite, com o sol banhando as cascatas de nuvens! Ó eterno giro! Eternas crianças com os cabelos ao vento! Vamos em direção do azul! Ó vento que balança folhas vestidas de amarelo e ainda nem é outono! Ó vento! Ó eternidade! És uma folha amarela que dança, e cai no paraíso de sol e pássaros!

Ó eternidade! Ó eterno giro! Dá-me o sol e o dia que amanhece! E dá-me os pássaros! Os pássaros! Os pássaros!

PARTO

As palavras aparecem mágicas, no momento preciso de seu parto. No segundo mágico de seu parto. Na hora exata de seu parto. No momento único de nascença. Não sabemos exatamente de onde vêm as palavras, símbolos da noite indormida. Uma música vem ao longe, vem perto. O ventilador no teto é uma parábola, símbolo da vontade da matéria que gira e venta como as brisas que ventavam em minhas manhãs de criança correndo ao vento igual às árvores que ventavam ao som das folhas verdes. Ah, como amo as palavras que nunca foram minhas, assim como nunca foram meus os ventos e o sol e a chuva e as brisas! Ah, houve um momento em que acreditei que as palavras fossem minhas. Eu dizia: sol!, e pensava que a palavra sol fosse minha, embora eu possa cultivar a vaidade de dizer que numa tarde eu vi o pôr do sol, palavra que não era minha mas que estava no horizonte vermelho o pôr do sol ao cair da tarde. Ah, cultivei a doce vaidade em dizer que um dia fui criança e vi o rio que passava no fundo de minha aldeia e vi o sol que nascia todo dia atrás das bananeiras e então pensei que o sol fosse uma coisa mágica igual à palavra sol. Depois tive a vaidade de ver a palavra sol, quando tinha sol, e a palavra lua quando tinha lua, e chuva, quando chovia. Ah, as palavras aparecem mágicas, no momento preciso de seu parto.

TENTATIVA INÚTIL DE DESCREVER CHUVA CAINDO NA MADRUGADA QUASE DIA

Carlos Alberto Paladini

Hoje, dia 25 de outubro de 2007, provavelmente quase cinco horas da manhã. Chove, barulho de água caindo dos toldos, dos telhados. E chove num ritmo igual, insistente e igual. Meu amor eterno e breve como a vida, dorme. E a chuva cai, no mesmo ritmo e mesmo barulho. Impressionante a chuva, sinfonia de uma nota só, na manhã cinza que vem chegando. Impressionante, a chuva foi só aumentar um pouco de intensidade para mudar a sinfonia, que continua, não obstante, no mesmo tom. A chuva e seu barulho de água caindo é como uma rainha reinando em seu reino de água e líquidos. Barulho que acalanta, cantiga de ninar poeta insone. Cantiga de ninar água caindo dos toldos, do telhado da casa onde um poeta ouve a sinfonia da chuva que veio de longe, mas tão antiga como a chuva, meu doce amor que dorme. E chove! Mas nem por isso a Terra deixa de rolar nas profundezas do ar para apontar sua face para o sol; embora não garanta o amarelo quente, pode ser claridade cinza como os dias de chuva. Que chove! E a madrugada quase dia rola. E chove! No barulho de água indescritível sobre os toldos e sobre os telhados. Música de água líquida. Límpida, sobre a tristeza da Terra, sobre a tristeza dos homens que habitam a Terra. Ah, água límpida que lava a alma dos que dormem sob a chuva que canta, faz barulho incessante de chuva! Lava minha alma, ó barulho de chuva que não para, sinfonia, Bach da natureza sem instrumentos ou craviolas, mas chuva acalentadora e barulho incessante de água límpida caindo na madrugada que certamente será logo dia! Ah, chuva, meu amor, minha criança, minha menina que chamou o poeta insone para dizer sobre a chuva que não consigo descrever com palavras esse barulho que acalanta minha alma e acalanta a noite caindo a chuva sobre os toldos e sobre os telhados. Ó barulho de chuva, desta chuva que cai lá fora, como poderei te pegar em palavras, como pássaros líquidos como a chuva que canta canção de Bach que ainda não foi escrita mas que canta em minha alma. Ó crianças, ó meninas, ó meninos, amada minha, filhos meus, acordem para olhar a chuva que cai por sobre os toldos e telhados!

O DESTINO DA MANHÃ

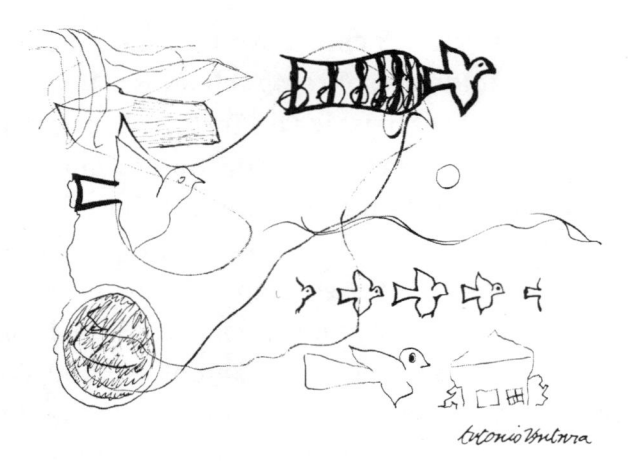

Hoje, dia 27 de setembro de 2005, 05h39min. Pensávamos que tínhamos o destino igual ao das grandes chuvas. Da chuva que chove a noite inteira como hoje. Sem parar, na madrugada quase dia. Pensávamos que o nosso destino fosse esta chuva. Mas não só esta chuva, pois sabíamos que com a chuva viriam os piados dos primeiros pássaros da manhã. Então pensávamos que nosso destino fosse os piados dos primeiros pássaros da manhã, que está chegando. E sabíamos que os pássaros anunciavam o sol que poderia vir logo na manhã, ou em alguma manhã, ou tarde do dia. Mas que o sol viria, e que nosso destino fosse o sol, com suas maçãs tão doces, e que nosso destino seria como as maçãs tão doces. Tão doces como nosso destino que acorda na madrugada quase dia, chuvosa. E a maravilha dos pássaros que piam lá fora, partes integrantes do mundo e da chuva. E esse é o nosso destino, o destino desta manhã, com os pios dos pássaros incessantes, penetrando nossos ouvidos, nosso corpo, nossa alma e nosso destino sobre a Terra.

NATAL, O TRISTE DESTINO DAS GAIVOTAS

Hoje, dia 20 de dezembro de 2004. 00h50min. A chuva chegou à tarde e não parou até agora. Há muito tempo não via tanta chuva. Esta semana, sábado, comemoraremos mais um Natal, com a ceia começando na sexta-feira, exatamente à meia-noite. Soltarão fogos de artifício. Tradicional Natal, com comida farta, leitoa, frango caipira, arroz, maionese, farofas, e quem sabe, carneiro. E uvas, e abacaxis, melancias. Mas dizem que o Natal representa o menino que nasceu em uma manjedoura, jurado de morte, um dia morreu justamente para que entendêssemos que todos somos irmãos, nascidos da mesma matéria, da mesma chuva milenar, dos mesmos átomos que deram origem às esferas dos DNAs. Resumindo, o filho do homem queria dizer: olha, eu sou eu e sou você, sou esta chuva, este sol sobre a terra, esta pedra, esta árvore, este céu que nem sempre está azul e nem sempre à noite está abarrotado de estrelas. Por isso ele veio para nascer, morrer e renascer a cada dia de sol, a cada dia sobre os campos de trigo. É por isso que um dia eu te chamei de pai, irmão, mãe e te disse que somos todos iguais, embora alguns mais divinos que outros. Os divinos são deuses. Os não divinos sofrem, porque são pobres de espírito. Mas a chuva cai mansamente e parece que vai varar a noite. Chove e a chuva faz barulho de água caindo em cima dos toldos, dos telhados, das plantas. Na verdade somos feitos de água, que mata a sede dos rios. Só não mata a sede do mar, que é salgado, e está sempre com sede. Por isso que o mar não descansa, sempre atormentado de areia e sal e sol. Ah! Que saudades do mar, daquele mar remoto, tão remoto que está presente no meio das algas marinhas, batendo nos rochedos de pedra bruta. Pedras de cores escuras, como se a chama das lavas solidificadas formaram os rochedos cinzentos. Belas são as espumas, chegam nas areias quase brancas e espumando voltam para as águas. É lógico que muitas espumas são tragadas pelas areias, quando as brancas espumas vão e voltam, voltam e vão. E este é o destino dos homens, o destino do mar e das pedras, ir e voltar, trazendo as gaivotas e outros animais marinhos, que voam circundando as praias. E além do mar não existe nada. Apenas silêncio. Eterna idade. E o triste destino das gaivotas, que morrem brancas nas praias. Felizes, porque não sabem que morrem.

HOMENAGEM A CLARICE LISPECTOR

"Estou procurando, estou procurando. Estou tentando entender. Tentando dar a alguém o que vivi, e não sei a quem, mas não quero ficar com o que vivi. Não sei o que fazer do que vivi, tenho medo desta desorganização profunda"
– Clarice Lispector (A paixão segundo G. H.)

A vida, antes de qualquer dever, é uma paixão medonha, não somente de G. H. Também porque creio, amor, que esta vida para viver, é muito mais anterior a nós e nossas vãs filosofias, nosso comércio, nosso pão suado de cada dia.

Não, amor, nós não somos a vida, somos apenas seus filhos bastardos, aparentemente felizes.

Um dia dei um grito profundo, me tiraram de uma placenta ensanguentada, (e a vida, ah, já existia há tanto tempo!) então me fiz humano e pequeno, amor, por isso peço a tua mão; porque tenho carência dela para andar por cima das pedras, atravessar o asfalto, para não ficar sozinho na solidão das grandes cidades.

A provação não sou eu que a faço, veja bem, amor. Apenas provo a água que me estendes com tuas mãos generosas; então eu sou água e sou líquido, e sou sólido, e vivo.

O caminho da vida, amor, progride, mas até hoje não sabemos exatamente se através de nossos pés humanos, nossas mãos cheias de erros, nossa memória esquecida do que há de mais belo nos livros ou naquele único livro.

Como tu, amor, não quero que a vida tenha direitos nem deveres, sempre tão sujeitos a dúvidas. Quero apenas, agora, tuas mãos ausentes cheias de paixão, mas vivas, a tocar o caminho da eternidade que, através dos símbolos, me ensinaram o caminho da alegria difícil, contudo alegria.

Dá-me tua mão.

SEGUNDA HOMENAGEM A CLARICE LISPECTOR

Tânia Jorge

Hoje é dia 14 de abril de 2005, 01h15min. Ah, o tempo só passa. Já entrada a madrugada um cão ladra na noite enorme, o cão enorme ladra, late rouco, qual bicho louco. E a noite é noite, porque o sol brinca do outro lado do mundo, cheio de sol. Por enquanto, por aqui na rua dos Flamboyants, número oitenta, é noite, porque a rua está escura, as ruas estão escuras e um cão vadio late rouco. Na noite. Que não é dia, porque o sol brinca do outro lado. Estamos condenados à noite, sendo que o sol brinca do outro lado. Depois o sol vem e todo o mundo acorda e correm para o nada, correm tanto que chega a noite (porque o sol foi brincar do outro lado) e então se pergunta, meu Deus, o que fiz eu do dia quotidiano dia, o que fiz de minha beleza que um dia tentei explicar em palavras? Ah! Não quero adormecer, porque, se adormeço, ouço logo o relincho de um potro selvagem, arfante, ofegante, com seus cascos raspando em alguma relva verde. Então Equus cavalga pela campina branca de luar, e assim esta imagem se repete há milênios, e até hoje não conhecemos os cavalos, nem seu Deus Equus, nem conhecemos nós que também há milênios apontamos nossa face na luz do sol, e pensamos que somos únicas cópias autênticas do universo. Qual o quê!

Ah, vem, ó meu amor que fatalmente dorme, pensando que a madrugada já é o começo de um dia que se repetirá, o hoje sem ser hoje acontecendo, como se nada tivessse acontecido. Ah, meu amor, um dia eu pedi tua mão, pois eu sentia falta dela, como da água da fonte que me faltou. Por isso é que corri pelas florestas intrincadas, colocando meus ouvidos na terra, à procura do barulho das invisíveis fontes que percorrem o seio da terra, que percorrem a grande boceta da terra, geradora de crianças inocentes, culpadas pelo fato de serem crianças, e serem crianças pelo fato de serem culpadas pelo pecado original, que ninguém sabe de que origem é, porque se soubéssemos, seríamos deuses, e a nós só nos foi dada como herança a grande dúvida do ser, onde nem sabemos se somos. E se somos? Pouco importa para Deus. Que é. E nem está aí com as crianças, e nem com o vento que tomba os campos de trigos, tomba os capins coloridos à beira das estradas. Não, meu amor, a nossa provação é o conhecimento do horror de sabermos que fomos há milênios, mas estamos estupefatos com o agora, o é, o é.

BIBLIOGRAFIA SOBRE ANTONIO VENTURA

BIBLIOGRAFIA SOBRE ANTONIO VENTURA

AMARAL, Sérgio do. Sampaio, João C. "Literatura paralela, texto documentário". *Revista de Cultura Vozes*. Petrópolis, RJ, abr. 1974.

CHIAVENATO, Júlio José. "Panorama é motivo de mudar de assunto". *O Diário*. Ribeirão Preto, 1966.

____. "Beletrista vence tertúlia". *Diário da Manhã*. Ribeirão Preto, 17 dez.1971.

FARIA, Álvaro Alves de. "Duas cartas geniais e está lançada a "Semana da Fossa". Anticrônica. *Diário de São Paulo*, 27 out.1970.

____. "Peço licença e retiro o punhal do meu coração". Anticrônica. *Diário de São Paulo*, 16 dez.1970.

____. "Um pouco de quase tudo em dois minutos de vida". Anticrônica. *Diário de São Paulo*, 27 jan.1971.

LEITÃO, Jaime. "No poema Autoria, Ventura mergulha no mistério da Criação". *A Mococa*. Mococa, SP, 9 abr. 2011.

LISBOA, Ely Vieitez. "Um poeta chamado Antonio Ventura". *A Cidade*. Ribeirão Preto, 26 abr.1987.

____. "Velhas cartas". *A Cidade*. Ribeirão Preto, 11 fev.1990.

____. "O poeta e o Juiz". *A Cidade*. Ribeirão Preto, 22 dez.1991

_____. "A sociedade dos poetas vivos". *A Mococa*. Mococa, SP, 16 mar. 2002.

_____. "O poema Balada do rei e o menino". *O Destaque*. Mococa, SP, 9 abr. 2011.

LUÍS, Henrique. "Or now, or never". *Jornal de Brasília*, 29 jul.1973.

MICHELAZZO, Luiz Augusto. "Este é o Ventura, um vendedor de poesias". *Diário de Notícias*. Ribeirão Preto, 6 out.1974.

PUCCIARELLI, Paulo Celso de Carvalho. "Poesia é um achado da infância". *A Mococa*. Mococa, SP, 22 jul.2000.

_____. "Soneto de Natal, o poeta e seu tempo". *A Mococa*. Mococa, SP, 23 dez. 2000.

SILVA, Getúlio Cardozo da. "O poema O Corvo". *A Mococa*. Mococa, SP, 4 jun.1998.

_____. "O texto, minha namorada louca". *A Mococa*. Mococa, SP, 3 out.1998.

_____. "Nesse poema, Apresentação". *A Mococa*. Mococa, SP, 19 jun.1999.

_____. "Sobressai a poesia de Antonio Ventura". *A Mococa*. Mococa, SP, 1 jan. 2001.

_____. " O poeta e a nova ortografia". *A Mococa*. Mococa, SP, *23 mai. 2009.*

SOUZA, Vicente Teodoro de. "Outras noites de poesia virão?". *O Diário*. Ribeirão Preto, 22 jan.1967.

VENTURA, Débora Soares Perucello. "Verde que te quero verde". *A Mococa*. Mococa, SP, 7 jul. 2001.

APÊNDICE

A ARTE DE NASCER POETA*

Antonio Ventura, vencedor do Concurso Literário Dia do Professor. Autor do conto "O guardador de abismos" e do poema "O guardador de silêncios". Fotografado por CONTE.

Prof. Vicente Teodoro de Souza, ao lado de Ventura. Mérito muito seu, que administra ao rapaz o conhecimento perfeito da Língua Portuguesa. Aluno e professor, vencedores de um excelente concurso do jornal *O Diário*.

21 anos, nascido em Ribeirão Preto, filho de Joaquim Ventura e Leodora Cândida da Silva, origem lavradores, ambos falecidos.

Vencedor do concurso literário *O dia do professor*, com um lindo conto e uma poesia belíssima.

Para que vocês o conheçam melhor, travei com ele uma palestra – observei-lhe as tendências literárias, o gosto pela po-

---

* Artigo publicado no jornal *O Diário* de Ribeirão Preto, em 02.11.1968.

esia, procurando descobrir nele esta vocação para as letras de aspecto duradouro. O rapaz vale muito.

Merece estímulo, apoio, celebridade, assim como mereceu o primeiro lugar neste concurso.

Conte teve a gentileza de fotografá-lo para que vocês o conheçam melhor. Também ao lado do Prof. Vicente Teodoro de Souza, seu mestre de Português, que, sem sombra de dúvida, merece parte muito extensa da vitória de Antonio Ventura e de sua classificação.

De nossa entrevista, aqui estão os tópicos.

P – *Há quanto tempo você escreve poesias e contos assim tão bonitos? Esta sua tendência literária manifestou-se em você desde menino?*

R – Confesso que sempre fui um rapaz sensível e inteligente, desde menino, sem modéstia alguma. Confesso, também, que, por causa de minha sensibilidade tomei rumos trágicos, quase desastrosos, às vezes. Não tenho emprego, sempre fui uma tragédia monetariamente, porque resolvi ser apenas poeta. Aos quatorze anos de idade, dei uma gargalhada na solidão da noite, e não sei por que, lágrimas arrebentaram de meus olhos, vislumbrados pelo mistério, pela beleza, pelo vento. Senti um gosto amargo na boca. Esta foi a minha primeira lição de abismos. Devo confessar que, no curso ginasial, tive o apoio de uma professora enorme, tanto em tamanho quanto em personalidade. Foi aí que comecei a escrever os meus primeiros versos, quase todos uma droga, mas eu prometia, principalmente porque sou teimoso. Castro Alves foi o meu primeiro poeta, eu achava lindo os pontos de exclamações no final de cada verso que ele usava. Mas o que eu adorava mesmo era Álvares de Azevedo, principalmente porque, como Byron, era trágico. Nos primeiros anos de iniciação, chegava a escrever cadernos e cadernos de poesia às amadas, geralmente ingratas (eu era um completo imbecil). Mas isto eu fazia por blague, eu queria era escrever seriamente, desesperadamente eu queria escrever alguma coisa que realmente prestasse. Conheci um amigo, o jovem poeta Antonio Carlos Morari, que há muito se iniciara em abismos. Foi o meu primeiro contato com a poesia moderna. Ele arrasava os meus versos, mas tratava-me com uma ternura especial e lia-me João Cabral de Melo Neto. Então comecei a conhecer Rilke, Drummond, Bandeira, Rimbaud, Cecília Meireles, Fernando Pessoa, Sá Carneiro, e uma infinidade. Aí comecei a escrever alguma coisa séria, de valor. Foi minha segunda lição de abismos.

P – *Disse-me seu professor de Português que você é o invencível ganhador de alguns concursos literários consecutivos. Quantos, Ventura?*

R – O primeiro concurso que ganhei foi em homenagem ao *Dia das Mães*, primeiro lugar, concurso tradicional do *Colégio Santos Dumont*. Saiu publicado, minha mãe, como autêntica brasileira, parece que chorou. Meu pai, que achava que *"meu filho está ficando doido"*, guardava o recorte na carteira. Depois, ganhei mais dois primeiros prêmios do mesmo concurso. O Grêmio promoveu concurso *Dia dos Pais*, ganhei o primeiro lugar. No primeiro concurso *Dia do Professor*, ganhei quinto lugar de ensaio; no segundo, ganhei segundo em ensaio e sexto em poesia; no terceiro, primeiro em poesia e décimo em conto; no quarto, primeiro em poesia e no quinto, primeiro em poesia e primeiro em conto. No concurso do Lions Clube, primeiro lugar em Ribeirão, *A paz é atingível*; primeiro lugar *Melhor comentário sobre José Mauro de Vasconcelos*, e alguns outros sem grande repercussão.

P – *Toda personalidade literária é, consequentemente, um grande e apaixonado leitor. Quais são os autores e as obras que mais o impressionaram na literatura brasileira e mundial?*

R – Como são tantos os *imortais*, citarei apenas alguns. Poetas brasileiros: Drummond, Bandeira, João Cabral, Mário de Andrade, Cecília Meireles. Estrangeiros: Rimbaud, Rilke, Maiakovski, Evtuchenko, beat generation, Fernando Pessoa. Romancistas seriam tantos, principalmente franceses, russos, e a geração após guerra e contemporânea norteamericana. No Brasil: Machado, Guimarães Rosa, Clarice Lispector, Lygia Fagundes Telles.

P – *Quais são seus planos no campo literário? Tem planos ou projetos de dedicar-se decididamente à literatura?*

R – Pretendo fazer iniciação ao romance e ao teatro, além da poesia. Não posso parar o ópio da beleza e do horror, embora seja amargo.

P – *Seu conto "O guardador de abismos" e seu poema "O guardador de silêncios", são realmente lindos. Mas, Ventura, por que estes títulos? Eles foram escolhidos antes ou depois de escritos os originais?*

R – Diante da vida que se arrebenta aos nossos olhos, diante do absurdo de nossas mãos, do amor, da beleza, do nojo e da náusea, nada somos além de meros guardadores de abismos e silêncios frente ao incomensurável absurdo.

A VENTURA DE UM VENTURA: ANTONIO*

Mário Moreira Chaves

Acaba o nosso Ventura – Antonio Ventura – de conquistar, em grande forma, dois dos mais importantes prêmios literários de São Paulo: o de Poesia e o de Contos, do Conselho Estadual de Cultura, da Secretaria de Cultura, Esporte e Turismo. E o que dá mais realce à sua vitória no difícil campo da literatura,

---

* Artigo publicado no jornal *Diário da Manhã* de Ribeirão Preto, em 17.12.1971.

são os nomes que compuseram a Comissão Julgadora do referido concurso. Vejam e avaliem que *barra pesada* teve ele de enfrentar: para Poesia, Mário Chamie, um dos *cobras* do concretismo e da poesia práxis do Brasil; Dalmo Florence, o do poema *Maneco*; o grande Pedro Oliveira Ribeiro Neto, da Academia Paulista de Letras; para contos: o bravo Ricardo Ramos, o já famoso autor de *science-fiction*; brasileiro Rubens Teixeira Scavone e Caio Porfírio Carneiro.

Antonio Ventura, quando estudante em nossa cidade, foi o maior papa-prêmios que por aqui já apareceu. Discípulo predileto do grande mestre Vicente Teodoro de Souza, compareceu a quanto concurso houve em Ribeirão Preto, seja de poesia, contos ou ensaios, e deles nunca saiu sem apanhar seu quinhão: prêmio ou menção honrosa. E mais, escritor ainda incipiente, Ventura sempre se insurgiu contra o estaticismo dos trabalhos literários cristalizados em normas obsoletas ou *já era*... Queria coisas novas, esquemas novos, linguagem nova, rica de expressão e subentendidos e não a simples linearidade do discursivo. Muitos debates tivemos sobre a matéria, porque nós achávamos, como achamos ainda, que o aprendizado da língua e das letras tem de se estruturar, não só na gramática, que é o andaime para a construção do estilo, mas sobretudo baseado no paradigma e na experiência dos autores clássicos, antigos e modernos, porque entendemos que não pode existir artistas sem cultura, assim como não pode existir cultura sem artistas.

Espírito arguto que é, Ventura não se deu por achado e não perdeu tempo. Passou a devorar literatura e a carrear para o seu bestunto o melhor das letras que estivesse ao alcance das suas mãos e, por consequência, melhorou grandemente seu gabarito intelectual. Hoje sua linguagem é, não apenas correta, mas rica de inflexões e imagística, cheia de modernidade e beleza, a beleza que deriva da poesia canalizada através duma sensibilidade cultivada na vivência e na observação do cotidiano. Sua poesia é de um lirismo áspero e selvagem: tanto se alcandora às alturas resplandecentes de astros como imerge no atascal da sociedade em decomposição – ele pensa e age como jovem que é, sem compromissos e alienações, absolutamente seguro de seus objetivos. E sua presença na liça da literatura contemporânea, agora com maiores perspectivas, representa como que a esperança de uma semente a germinar, florescer e frutificar – é talvez o escritor que Ribeirão Preto há tanto tempo espera.

Escrevemos algures que *"não existe uma tradição de gosto pela poesia entre os brasileiros, nem se tentou ainda forçar este gosto. E na nascente sociedade industrial vai desaparecendo o tempo para a poesia. No corre-corre das grandes cidades, dentro da cultura de informação onde o leitor é educado pela infinidade de revistas técnicas ou científicas, não há ou quase não há mais tempo para a poesia. Sem uma base forte, que se oponha a essa tendência, materializante da época moderna (e que seria a tradição do gosto poético), a poesia parece caminhar irremediavelmente para o fim"*. Por isso, eventos como o de agora, em que um jovem poeta interiorano, numa arrancada ímpar, consegue levantar prêmios disputadíssimos, alegra e anima-nos, trazendo a certeza de que a batalha não está de todo perdida e que nesta Alcacer-Quibir da arte, nosso Dom Sebastião não desapareceu ainda.

Todavia, cumpre não esquecer que Antonio Ventura é um escritor que começa e como todos os noviços, ainda tem muito que aprender, na vida e na arte. O que é preciso é que ele não abdique totalmente daquela humildade que sempre foi um dos seus atributos mais elogiáveis, para ingressar no cortejo dos que se autopromovem em gênios – esses tantos geniozinhos que proliferam assustadoramente em nosso país, em todos os ramos do saber e cuja genialidade cresce mais depressa de que os próprios cabelos e barbas da usança de agora.

O MODERNO JÁ É POUCO PARA ANTONIO VENTURA*

Cecília Tozatto

Antonio Ventura, um poeta. Um universo cósmico à procura do real que compreende toda a infinitude do ser humano, do ser espiritual. Sua poesia é a loucura transposta do êxtase

---

* Artigo publicado no jornal *Diário da Manhã*, de Ribeirão Preto, em 23.09.1973.

daqueles que, procurando o infinito, o encontram realizado na poesia.

Ele é ribeirãopretano. Tem 25 anos. Antonio nos conta que: *"Às vezes as pessoas riem do meu cabelo, acham engraçada a minha roupa colorida; mas eu curto muito tudo isto, sabe? Eu acho engraçado as pessoas acharem engraçado o meu modo de ser. Afinal de contas, eu apenas exteriorizo a minha maneira de ser. Visto-me de acordo com aquilo que eu sou de verdade".*

VIDA

"Acho que sempre fui poeta, continua Ventura, *e um dia não aguentei ficar mais em Ribeirão Preto. Não porque eu não goste daqui. Nasci e tenho duas irmãs que aqui residem. Acho que sou a única pessoa daqui que, nestes últimos dez anos, se dedicou à poesia como modo de vida. Isto porque existem aqueles que fazem poesia, mas não como ideal de vida e trabalho. Mas sim como* hobby.

Chegou, agora, a vez de uma geração romântica, mas um romantismo em termos de universo, com uma comunicação cósmica, espacial.

Uma coisa revolucionou a literatura: a arte moderna. Mas o moderno só, já é pouco. Por isso escolhi ser poeta. Eu me sinto poeta e vivo como tal. Não adianta nada uma pessoa ser, por exemplo, um bancário e querer viver como poeta. É preciso optar por uma decisão. E eu tomei a minha".

BONDINHO

"Fui para São Paulo e fiquei trabalhando na revista Bondinho como comentarista de cinema e teatro. Mas foi tudo uma brincadeira. A crítica amordaça a gente e a própria arte.

Então eu deixei São Paulo e fui para o Rio de Janeiro. Quando lá cheguei, pareceu-me que tinha chegado ao lugar onde eu tinha que ter nascido. Isto porque, cidades em que o desenvolvimento chega de forma maquinal, se torna uma cidade quente, mas no sentido maquinal. Já o Rio, por si só, não permite construções, como por exemplo, das que existem em São Paulo. A cidade fica toda construída nas encostas das montanhas, que são, por assim dizer, intransponíveis, fazendo com que permaneça a natureza em seu estado primitivo. Eu mesmo moro em um morro em Copacabana.

As montanhas de granito fazem com que o homem tenha sempre, próximo de si, elementos naturais. Ele então se torna mais espiritual, menos agressivo, menos maquinal que os homens que estão acostumados a uma vida cheia de atribulações. O homem do Rio, acorda com a natureza a sua frente e, além disto, sua mentalidade de vida depende também de uma tradição que o carioca tem de mesclagem de culturas diferentes já que na época em que foi capital, tudo convergia para lá.

A cidade grande traz um apocalipse muito grande. E até aos dezoito anos eu senti uma solidão horrível."

PROFESSORA

"Eu tinha uns 13 anos e estava na 1ª série ginasial, continua Ventura. Naquela época, eu tinha uma professora que se chamava Ely Vieitez Lanes. Ela lia poesias para a molecadinha da classe. Um dia ela leu uma poesia de Álvares de Azevedo. Isto me influenciou muito. Cheguei em casa e rabisquei uns versos e no outro dia levei para ela ler. Aquilo para mim foi um começo de glórias. Daí comecei a escrever e nunca mais parei. Eu enlouqueci nesta época e até hoje continuo enlouquecido. Uma vez eu quase parei. Foi quando, ainda em Ribeirão, eu comecei a vender livros. Eu vendia bem. Deu até para comprar um Fusca zerinho. Mas aí não deu mais. Eu estava ficando dependente do carro. Tudo eu fazia em função dele. Então larguei tudo. Dinheiro, carro, livros e fui escrever meus poemas e viver disto."

POESIA

"Sei que sou o único poeta jovem que consegue viver única e exclusivamente da poesia. Nos teatros, nas ruas, nos bares, nas lanchonetes do Rio, eu vendo meus folhetos. As pessoas compram e com isto eu vou levando a vida. Agora vou editar um livro. Chama-se Reivindicação da eternidade."

O LIVRO

Para que os leitores compreendam e sintam a poesia e o trabalho de Antonio Ventura, ele fala de sua concepção do mundo, de seu modo de vida, pois sua obra não retrata outra coisa a não ser toda sua visão cósmica do ambiente em que vivemos.

"Vivemos uma geração romântica, espacial. Tempo de essência em si mesmo. O homem busca a consciência cósmica em si mesmo. A minha linguagem aparece através da emoção em estado de êxtase. Minhas poesias são parte da minha experiência.

Multiplico-me e tudo é um tipo de poesia, pós-modernismo; surge agora uma nova era. Ou este planeta se equilibra ou explode e a arte, a poesia, retrata tudo isto. O mundo é um espelho, é tudo uma questão de reflexo."

Antonio Ventura continua vendendo à noite seus folhetos pelos teatros e pelas ruas. Dorme durante o dia e assim vai continuar até não sabe quando. Ele começou a vender em um teatro quando no Rio se encenava *Hoje é dia de Rock*. Hoje ele visita a terra em que nasceu. Amanhã quem sabe suas concepções poéticas ultrapassarão as concepções ideológicas, tornando-o um poeta de pretensões futuras, mas ao mesmo tempo presente dentro do espiritual dos homens.

A seguir, o poema *Fruto*, de Antonio Ventura.

FRUTO

Nem todos precisam de meus frutos.

Mas eu caio no quintal
de todos os vizinhos
porque a minha árvore transborda.

E mesmo que apodreça nos jardins
fico a semente.

DA VIDA

Antonio Ventura sempre foi um poeta diferenciado, desde o início, quando já na adolescência escrevia versos fortíssimos, uma poesia marcante, de asfixia, aquela poesia que vem de dentro do homem, onde o homem deixa residir sua vida, equivale dizer, seu poema mais verdadeiro.

O tempo passou. A vida passou. As coisas todas passaram. Para muitos a poesia se transformou em algo quase inútil e, nas mãos de muitos, foi destruída.

Mas não nas mãos de Antonio Ventura, um poeta fiel a si mesmo e, o que é mais importante, fiel à sua poesia, que atravessa seu próprio tempo, numa elaboração que às vezes é um canto lírico e que, noutras, se transforma num grito, desses que doem, porque saltam da alma.

Este é um belo livro de poesia, de poemas e de narrativas poéticas. Como se nos dissesse sempre, como escreveu no belíssimo *Divino Narciso*, ilustrado com a tela de Caravaggio: *"Eu queria escrever uma história infantil/ como a minha história infantil a história da criança louca/.../."* Um poema comovente: *"O que eu sou agora é não ter saído de casa/ mas ter ficado em casa escrevendo um poema eterno/.../."*

Há momentos de absoluto encantamento neste livro de Antonio Ventura, uma poesia às vezes amarga, mas de uma amargura consciente, de gestos decepados, de voos no infinito das coisas que ainda restam, do sonho que, embora desfeito para sempre, pode existir quando a poesia é mesmo poesia.

O poeta nos diz: *"Sempre procurei o amor pelo amor somente"*. Não se sabe se encontrou. Nem é importante saber. Não é importante saber nada. Importa, sim, e muito, ler poemas assim: *"Gostaria de escrever o poema mais belo/ para enfrentar o barqueiro./ Mas te digo que a primavera/ um dia chega/ sem pressa".* Importa ler coisas assim: *"Uma página apenas não dá para explicar nossa alegria,/ nosso terror e nossas certezas/ como certeiras espadas!".*

Esta, a poesia de um poeta que lida com a poesia, com o cuidado e o zelo de um monge, daqueles que se escondem nos mosteiros e se deixam existir, enquanto existe a vida e a poesia. Com este livro de um poeta assim, a poesia se enobrece, porque, antes da coisa simplesmente literária, o poema é digno de si mesmo.

O catador de palavras é, no fundo, um testemunho de vida, aquilo que a vida nos oferece ao seu tempo, quando ao passar dos anos vem desenhando nossa face num espelho que se quebra. Esta é a poesia de um poeta que compreende a grandeza da poesia e faz da poesia sua própria história.

Álvaro Alves de Faria
Poeta e jornalista

O POETA

O poeta é sua poesia porque são duas instâncias que não se podem separar. E assim como Antonio Ventura está em sua poesia, sua poesia está em Antonio Ventura. "Como é fabuloso ser eu, e não o outro.", diria Ventura em um de seus poemas curtos, uma declaração que por si revela o quanto o poeta se desnuda em poesia. Seu sangue, vermelho e quente, percorre os versos e mantém a pul(sa)ção poética, este impulso a que o verdadeiro poeta não resiste.

A esse poeta cuja essência é o lirismo, entretanto, sucede o homem irreverente em longos poemas, de versos também longos, em que transparece Rimbaud, o poeta maldito de talento irrefreável. Assim como na poesia do poeta francês, a leitura da poesia de Antonio Ventura muitas vezes pode ser iniciada pelo fim, pelo meio e até pelo início mesmo. E isso o torna um dos maiores expoentes rimbaudianos entre nós.

Em outros momentos, vamos encontrar Antonio Ventura praticando a prosa poética em que a volúpia da palavra suplanta qualquer necessidade de informação. A dimensão estética não sofre a concorrência de qualquer outra área, pois é a isso mesmo que se chama poesia.

Em versos longos ou curtos, em prosa ou verso, mas sobretudo nos versos longos e em sua maneira de fazer prosa, uma das fortes tendências de Antonio Ventura é o trabalho com a escrita automática, o fluxo da consciência, à maneira surrealista.

O poeta não se filia a uma corrente, a uma estética determinada, porque sua síntese é o que se pode chamar de poesia moderna.

Menalton Braff
Contista e Romancista

EM NOME DA BELEZA

Sumo e súmula de uma vida, *O catador de palavras*, de Antonio Ventura, apresenta o reencontro de um homem consigo próprio, na sua mais intensa vocação: para além de um "catador", um transfigurador de palavras. Ariscas, elas se deslocam do terreno da fala cotidiana para ressurgirem no espaço instável do poema – onde tudo se arrisca, em nome da beleza.

Enquanto quase todos seus colegas de geração – a da "poesia marginal" – celebravam o precário, Ventura, dissonantemente, como atesta o título de um seu livro, efetuava a *Reivindicação da eternidade*. No compasso de um discurso abastecido em lições rimbaudianas, desafiadoramente proclamava: "Eu sou um Deus que canta entre os rochedos". Noutro passo, todavia, a voz de Ventura se contrapunha a uma das mais famosas lições do vate francês: "Como é fabuloso ser eu, e não o outro".

Há um fio condutor, vazado em formas e temas diversificados, a perpassar a obra de Antonio. Se acatarmos sua sugestão de percorrer o livro como um romance, divisaremos um mesmo personagem, envolvido embora em situações existenciais diversas. Ventura, apoiando-se principalmente na prática do verso longo e no fluxo irreprimível de imagens, conforme se lê em "Insólito" e no belo "Divino Narciso", assinala o tempo todo *uma urgência de vida* a alimentar sua poesia. Assim, os dados biográficos nele se afiguram fundamentais, desde que, é claro, seus impactos estejam modulados pelo rigor da consciência criadora.

O poeta-andarilho, numa viagem iniciada em Ribeirão Preto, com escala no Rio de Janeiro, constrói e oferta neste livro sua morada mais sólida. No ponto de partida do adolescente ou na estação de desembarque do adulto, a mesma transbordante celebração da Poesia.

Antonio Carlos Secchin
da Academia Brasileira de Letras

CRÉDITOS DE IMAGENS

Desenhos e telas

AMÊNDOLA, Francisco. Desenhos, págs. 234, 240, 307.

CARAVAGGIO, Michelangelo Merisi. Tela, pág. 92.

IRINE, Marcos. Tela, pág. 186.

JORGE, Tânia. Desenhos, págs. 42, 152, 181, 188, 207, 229, 237, 258, 273, 281, 285, 310, 311, 324.

MARINO, Divo. Caricatura, pág. 7.

PALADINI, Carlos Alberto. Desenhos, págs. 31, 255, 282, 287, 318.

VENTURA, Antonio. Desenhos, págs. 33, 35, 36, 52, 53, 57, 68, 72, 121, 130, 134, 136, 140, 143, 147, 155, 163, 165, 168, 170, 171, 173, 176, 183, 193, 197, 219, 222, 227, 238, 239, 249, 251, 266, 270, 272, 275, 280, 291, 313, 315, 316, 320, 321.

VENTURA, Renato Batista. Desenho, pág. 284.

Fotografias

AMÊNDOLA, Francisco. Fotografia, pág. 45.

NYKVIST, Sven. Fotografia, cena do filme "Gritos e Sussurros", pág. 201.

CONTE. Fotografias, pág. 335.

NETTO, Antonio Spanó. Fotografia, pág. 27.

VENTURA, Renato Batista. Fotografia, Orelha.

Ressalvas a fotografias

Todos os esforços foram feitos para determinar a origem das fotos usadas neste livro. Nem sempre isso foi possível. Teremos prazer em creditar as fontes, caso se manifestem.

Impresso nas oficinas da
SERMOGRAF - ARTES GRÁFICAS E EDITORA LTDA.
Rua São Sebastião, 199 - Petrópolis - RJ
Tel.: (24)2237-3769